「彼《か》の力もて、捕縛せよ！」
「サーキュレーションバインド！」

「ぐ……動けん……」

「まさかこの魔法を使える者がいたとは……」

「なににやけて
「いいえ、なんでも。これでまた街が一つ、リレイア様派になりましたね」

「そう単純にいけばいいけどね。」

ニチアサ好きな転生メイド、悪を成敗する旅に出る

～気づいたら、ダメ王国を立て直していました～

日の原裕光

ファンタジア文庫

3255

口絵・本文イラスト　香川悠作

CONTENTS

プロローグ

私はベッドの上で、部屋に積み上がった段ボール箱の山を見上げていた。

新卒採用の就職に失敗して丸一年。

メイド喫茶のバイトで食いつなぐ毎日だ。人生の楽しみといえば、ニチアサの同人誌執筆くらいである。

しかし、こんな生活が長く続くとは思えない。

いっそ、どこかのお金持ちがメイドとして雇ってくれたりしないだろうか。

もしくは、妖精さんが私を戦う美少女――そう、伝説の戦士にしてくれるとかね。

でも伝説の戦士じゃごはんは食べられないよねぇ……。

一応、就職活動をしてはいたのだ。

バイトの経験と趣味を活《い》かして、メイドの職を探してみたりもしたけれど、日本にお屋《や》敷《しき》で雇ってもらえるような職は少ない。

それはしょうがない。

でも普通の企業にも就職できなかったってのはね……もうね……。

オタクどうしならおしゃべりできるけど、偉いオジサンを前にするとすくんでしまうのだ。

コミュ障な自分がイヤになる。

メイド喫茶でなりきっているときは平気なのにな。

「はぁ………」

小さくため息をつくと、目の前がぐらりと揺れた気がした。

最近、栄養のあるもの食べてないからなあ。

目眩《めまい》だと思ったその揺れは収まるどころか大きくなっていく。

さらに地鳴りのような音も聞こえてきて……地震だこれ！

私がそう認識できたときには、同人誌の詰まった段ボール箱が頭の上から降ってきていた。

◇◆◇

どうやら気絶していたらしい。

自分の描いた同人誌に埋もれて気絶とか、親戚一同の笑いものだ。

親戚付き合いなんてろくにしてないけど。

しかし、目を開けた先に見えた景色は自室ではなかった。

降りしきる豪雨でぬかるんだ土の地面が頬に触れて気持ち悪い。

体は痺《しび》れて上手《うま》く動かせない。

視線を自分の体に向けると、自分がエプロンドレスに身を包んでいるとわかる。

メイド喫茶で着るようなものではなく、古き良き本物のメイド服だ。

本来ならテンション爆上げになるところだけど、パンツまでぐしょ濡《ぬ》れではありがたみも半減だ。

「ライゼ！　ライゼ！」

痺れて動かない私を見下ろし、名前らしきものを叫ぶ美少女がいた。

西洋ファンタジーモノで旅の魔道士あたりがしそうな格好。透き通った肌に、ゆるいウェーブのかかった腰まであるブロンド、そして碧《あお》い瞳は現実感を失わせる程の美しさだ。

現実感……？

もしかしてこれって夢？

体が思うように動かせないなんてことは、夢ではよくあることだし。

しかし、痺れてはいるものの、体を濡らす雨の冷たさは、夢とはとても思えない。

「きゃっ！」

雷鳴が轟《とどろ》くたび、美少女は体をびくつかせるが、決して私のそばを離れようとしない。

メイドになる夢は何百回、何千回も見てきたけど、こんなことは初めてだ。

よく見ると、体もいつもの自分のものではない。

特に胸のボリュームがとても立派なことになっている。

巨乳メイド……大好物である。

メイドにハマったのは日曜朝に放送している子供向け番組——ニチアサがきっかけだった。中でも少女達が変身して戦う女児向けアニメは、子供時代の私の心を鷲掴《わしづか》みにした。

とあるシリーズに、戦う少女達を陰ながらサポートするメイドの脇役がいた。みんながメインキャラに憧れる中、私はそのメイドに夢中になった。

主人公達を陰ながら支え、変身できない身でありながら、時には一緒に戦うその完璧な姿に魅せられたのだ。

そんなこんなで、今では萌《も》え系のメイドさんから本格メイドまで、なんでもいける私だが、長身巨乳メイドはトップクラスに好きな属性である。

しかしこれ……もしかしてもしかすると、転生というやつでは？

ということは私、自分の同人誌に埋もれて死んだの？

マヌケすぎる！

そこまで思考を巡らせたところで、激しい頭痛に襲われた。

同時に、突然頭に大量の情報が流れ込んでくる。

――それは、一人の女性の人生だった。

スラムで拾われた彼女――ライゼさんは、姫のメイド兼、護衛として育てられた。

同時に、国で一番の暗殺者としても。

そんな彼女が、姫の旅の護衛に選ばれたのは必然だった。

この国では、王位を継ぐ者が十五歳になると三年間、国中を巡る旅に出なければならない。

連れていける護衛は一人だけ、というなかなかに過酷なしきたりだ。

ということは、目の前にいる美少女はお姫様⁉

しかもここは、魔法も存在するいわゆる西洋ファンタジーな世界らしい。

ファンタジー世界で、姫とメイドの二人旅かあ……。

いい……。

すごくいいよ……！
もし元の世界に戻れるなら、同人誌のネタにしたいくらいだよ！
そうして旅に出て一月《ひとつき》ほど。
街道を歩く二人は突然の豪雨に襲われ、ライゼさんが落雷に撃たれてしまった。
それが今だ。
なんでよりによってそんな忙しいタイミングの体に転生しちゃうかな⁉
むしろ、だからこそかもしれないけど。
今まさに、彼女の命は消えようとしている。
『ユキ様、ですね』
頭の中で声が語りかけてくる。
「ライゼさんね」
彼女のことはなんでも知っている。
お風呂《ふろ》で最初に洗う場所から、お茶の好み、そして暗殺術まで全てだ。
客観的に見られる分、自分のことより詳しいと言ってもいい。
それはライゼさんも同じのようだ。
……恥ずかしいねこれは。

『おわかりかと思いますが、私の魂はまもなく死にます。異世界からいらした方に急で不躾《ぶしつけ》なのは重々承知しておりますが、ユキ様にリレイア様をお願いしたいのです』

リレイアとは、言うまでもなくお姫様のことだ。

「おっけー。任せといてください」

私は二つ返事で了承した。

戦うメイドさんになれるなんてこんなチャンスは二度とないだろう。

まさにニチアサを見て憧れたメイドさんそのもの！

前のつまらない人生に比べて、なんてステキなことだろう。

『ユキ様ならそう言ってくれると思いましたが、不安になる軽さです……。いえ、お願いできるだけでもありがたいことですね』

「ライゼさんの経験をそのまま使えるんだから大丈夫だよ。メイドの矜持《きょうじ》、護《まも》ってみせます」

『ありがとうございます。リレイア様を……よろしくお願いします……』

ちょっと不安そうなライゼさんの声はそれきり聞こえなくなった。

体の中から温かい何かが抜けていくのを感じる。

それと同時に、全身が軽くなる。

落雷のダメージが抜けていく……？

転生に付随する効果だろうか？

なぜ私がライゼさんの体に転生したのかはわからない。

超自然的な何かかもしれないし、神なんて存在がいるのかもしれない。

転生時にそのあたりを説明してくれる女神様的お約束で便利なものはなかったので、永遠に謎かもしれない。

ちょっと気にはなるけど、そんなことはどうでもいいか。

少なくとも、もとの人生よりは、よっぽど楽しそうな体験が待っていそうだもの！

まずはこの体に慣れるところからだね。

体を動かしているのは脳。

だから、彼女の人間離れした体術や暗殺術は今でもある程度使えるだろう。

私はその場でぱっと跳ね起きた。

そのままスカートの下からナイフを三本抜き、近くの木に投げる。

真《ま》っ直《す》ぐ飛んだナイフは、綺麗《きれい》に木の幹に突き刺さった。

すご……。

転生前の私では絶対にできなかった芸当である。

「ライゼ⁉」

その様子をぽかんと見ていたリレイアが、私の前にまわりこんできた。

座り込んでいたせいで、腰まであるブロンドや、スカートはどろだらけである。

気付いてみれば、雨はあがり、眩《まぶ》しい太陽から光が降り注いでいる。

「無事なの⁉　カミナリに撃たれたのに……」

リレイアはほぼ半泣きである。

頭一つ分以上は下にある二つの瞳が、私を見上げてくる。

ライゼさんが長身なのもあり、大人と子供と言ってもいいくらいの身長差だ。

「ライゼ……？」

しかし、その美しい碧眼《へきがん》が揺らいだかと思うと、気圧《けお》されるほどに深く、強いものへと変わった。

リレイアはじっと私の目を見つめてくる。

「貴女《あなた》誰⁉　ライゼは⁉」

すごい。

姿は同じ。しかも、直前まで一緒にいたはずなのに、はっきりとそう言った。

これが王となる者の資質というものなのだろうか。

ライゼさんが惚《ほ》れ込むはずだ。

「リレイア様……」

私は姫に傅《かしづ》き、これまでのいきさつと、私の人生を語る。

太陽を背に煌《きら》めく濡れ髪に目を細めながら、長い長い話をした。

——そして、半年後。

最初はぎこちなかった二人旅も、半年もすれば慣れたものだ。

やはりライゼの記憶を持っているのが大きい。

リレイアの好みから、機嫌の取り方までばっちりだ。

現代日本育ちの私にとって、自分の意思を殺すメイド道は思ったより険しいものだった。

それでもリレイアのメイドでいたいと感じたのは、彼女の『目標』に共感したというところも大きい。

そう、この旅は掟《おきて》に従っただけの、観光旅行などではないのだ。

そして今まさに、彼女がまた一歩、目標に向かって歩みを進めようとしている。

ここは王都から遠く離れたさして大きくない街。

その街の中央にある広場に、大勢の人が集まっていた。

「さあ！　貴男達《あなた》の悪事は白日の下に晒《さら》されましたわ！　申し開きは牢《ろう》で壁にでも向かってすることね！」

リレイアは街一番の貴族をびしっと指さし、糾弾している。

お腹《なか》にたっぷりと蓄えた脂肪を震わせながら、その貴族はリレイアを睨《にら》み付けた。

そろそろ私の出番だろう。

準備をしておくか。

「ええい！　いかに姫君といえど、この街から出さなければ、証明できる者はおらん！　衛兵ども！」

貴族の号令で、鎧《よろい》に身を包んだ兵士達が広場になだれ込んできた。

その数五十。

辺境の街にしては、異常に多い。

それも私兵なので、かかる金はハンパないはず。

やましいところのある者らしい金の使い方である。

私はエプロンドレスを翻《ひるがえ》し、兵士達の前に出た。

「リレイア様に傷をつけることは、この私が許しません」

ひゅー。

我ながら、戦うメイドさんっぽいセリフ！

「うおおお！」

まず斬りかかってきたのはひげ面《づら》の剣士だ。

完全にこちらを殺す気まんまんの袈裟《けさ》斬りである。

こういう世界だし、彼らにも生活があるのだからしかたない。

とはいえ、もちろんただでやられてあげるつもりなどない。

私はスカートの下から右手でナイフを取り出すと、チンッと男の剣を軽く弾《はじ》いた。

それだけで、剣は軌道を変え、私の横を通り過ぎていく。

男の横をすり抜けざま、左手に取り出した針を、鎧の隙間から男の首筋に突き立てた。

「んあ?」

男はぐるんと目を回し、その場に昏倒《こんとう》した。

この半年で、ライゼが使っていた技は全て使えるようになった。

記憶は頭が、経験は体が覚えていたので、さほど難しいことではなかったのだ。

もとの体より身長が高かったり、胸が大きかったりするのには、少しだけとまどったけど。

「怪しい技を！」

今度は五人の男が手に手に武器を持ち、突撃してきた。

私は男達の頭上を宙返りでひらりと飛び越え、一人に一本ずつ針を投げる。

針を受けたある者はその場で昏倒し、ある者は二、三歩進んでから倒れ込んだ。

すぐに倒れた連中は針で意識を奪うツボをついたのだ。

また、角度的に鎧の隙間を狙えなかった連中には神経毒を塗っておいた針を使った。

このあたりの知識もライゼによるものだ。

神経毒はちょっとお金がかかるから節約したいんだけどね。

「針仕事はメイドの嗜《たしな》みですよ」

私は指の間に挟んだ針を見せつけキメポーズ。

腰をくいっとひねり、見栄《みば》えの美しさにも気を配る。

これぞ、戦うメイドさんだ。

キメポーズの練習は、毎週日曜朝の必修科目なのでお手の物である。

「たかが女一人だ！　かかれ！　かかれぇ！」

「「う、うおおおお！」」

貴族の号令で今度は十人以上の兵士達が、私を取り囲むように襲ってきた。

私は大きなハンマーを持った兵士に突進、一瞬にして肉薄した。

ハンマーが振り下ろされる力のベクトルを少し変えてやることで、そのハンマーは別の兵士を狙う。

日本でいうところの合気道に近い技術だ。

突然味方に攻撃された兵士の脚を払うことで、彼の持つ槍《やり》が別の兵士の眉間を狙う。

そうしてドミノ倒しのように、兵士達は互いに攻撃しはじめた。

「ええい弓兵！　何をしている！」

「し、しかしここで撃っては町民にあたります」

「かまわん！」

とんでもないことを言う貴族だ。

矢を大量に放たれれば、さすがに町民全てを庇《かば》うのは難しい。

だが、私の主様《あるじ》が準備完了である。

私はリレイアの隣へと戻り、膝をついた。

「さあご覧なさい！」

リレイアがそう叫び、天に両手を掲げると、ちょっとした小屋くらいはありそうな巨大な紋章が空中に出現した。

「全ての火よ！　その力を示せ！　カタストロフエクスプロージョン」

紋章が強く輝き、上空へ赤い光が伸び、雲を裂いた。

一瞬の間があった後――

近くの山へ赤い光が落ちてきたかと思うと、山頂部が眩《まばゆ》く光り、爆散した。

そこから遅れて、大地を揺るがす爆音が街へと届く。

「うひゃあっ！」

爆風にとばされ、地面を転がる貴族は、脚をがくがく震わせ、腰を抜かしてる。

これがリレイアの必殺技。禁呪《きんじゅ》と呼ばれる魔法だ。

ニチアサなら変身バンクでぬるぬる動くこと請け合いの派手さである。

なぜ『禁呪』と呼ばれるかは、機会があったら語ることにしよう。

「これで貴男の屋敷《やしき》を吹き飛ばすこともできたけど、どうなさいます？」

リレイアはブロンドをかきあげ、余裕たっぷりの笑みで貴族を見下ろした。

まあ、禁呪を街で使ったりしたら、屋敷どころか街ごと吹き飛びそうだけど。

「わ、わかった！　言う通りにする！　税も国の基準に戻すし、町民から接収した財産も返す！」

「私が街を出ても、誰かが見ていますからね。もし、約束を破れば……」

「しない！　そんなことはしない！」

これで当分はこの街もまともになるだろう。

「姫様、どうお礼をすればよいか……」

リレイアに駆け寄ってきたのは、やせこけた女性だ。

「お礼なんていらなくてよ。当然のことをしたまでですわ」

「お姫さま、ありがとう！」

女性の娘らしき小さな女の子が、一輪の花をリレイアに差し出した。

「お礼はこれで十分でしてよ」

リレイアはその花をひょいとつまむと、街の出口へときびすをかえした。

私は町民達に一礼をし、近くに置いていた荷物を背負うと、リレイアの隣に並ぶ。

街を出た私とリレイアは、街道を並んで歩く。

この瞬間がとても好きだ。

「よかったですね、リレイア様」

「なににやけてんのよ」

私のからかい半分な一言に、リレイアはつんとそっぽを向いた。

その耳が少しだけ赤い。

町民達に感謝されたことに照れているのだ。

かわいい人である。

強さといい、かわいさといい、ニチアサに出しても恥ずかしくない逸材だ。

戦うマジカルプリンセス、最高かな？

「いいえ、なんでも。これでまた街が一つ、リレイア様派になりましたね」

「そう単純にいけばいいけどね。種はまけたと思うわ。この腐った国を変えるためには、味方が多い方がいいもの。弱みを握るのでもいいけどね。ふふふ……」

不敵な笑顔が、半分照れ隠しであることを私は知っている。

そう、旅を続けるうち、彼女はいかに国民が王侯貴族の腐敗に苦しめられているかを知った。

しかし、できあがったシステムを変えるのは並大抵のことではない。

それがたとえ女王となった後でも。

「暗い顔をした国民を虐《しいた》げるより、笑顔の国民に慕われた方が人生楽しいじゃない」とは、彼女がぽろりとこぼしたセリフだ。

きっとこれは本心であり、苦しむ人を見て心を痛めたことを隠すための方便でもあるのだろう。

ライゼの記憶がそう教えてくれる。

そりゃあこんなお姫様がいたら、ついていきたくもなるというものだ。

「どこまでもお供します」

「当然よ。貴女《あなた》は私のメイドなのだから」

くぅ〜！

メイド冥利《みょうり》につきるセリフ！

現代のどんな立派なお屋敷に勤めたとしても、もらえることはないセリフだろう。

これだけでごはん三杯はいけるね！

「でも、次の街への路銀分くらいはもらっておけばよかったかな」

リレイアがぽつりとこぼした。

身分を明かせば、そこらの貴族から金品を接収することはできる。

しかし、彼女はそれをよしとしない。

城から持ち出した宝石を売って路銀にしているが、そうそう無駄遣いするわけにもいかない。

「かっこつけるからですよ」

「でもあそこで、『はいお金ちょーだい』なんて言ったら、せっかく上げた民衆の人気が下がっちゃうわ」

「そう思って、貴族の屋敷で情報収集したついでに少しだけ頂いておきました」

「貴女ねえ……ライゼよりちょっと手癖が悪いわよね。でもでかした！　これで野宿せずにすむわ」

「いいえ、次の街まで宿はありませんので、二泊ほど野宿ですね」

「うへぇ……。禁呪を使ったあとの体で野宿は……つらいの……よ……ね……」

そう言うリレイアは歩きながらうつらうつらと眠そうにしている。

私が彼女を抱きかかえると同時に、その体が六歳児程度に縮んでいく。

これが禁呪とよばれる先程の魔法の副作用である。

「まったくもう。必要ないのに、ストレスがたまったからってぶっぱなすからですよ」

「だってあいるら……むかついらんら……も……ん……」

幼児化した時の寝顔は無垢《むく》でとってもかわいいんだよね。

予告1

「はーいみんな！　ユキだよ！」

「え？　急にどうしたの？　みんなって？」

「あまり人生が上手くいっていなかった私だけど、
なんと剣と魔法の世界に転生しちゃったの」

「知ってるけど、何その口調？」

「転生先はなんとメイド！　しかも、
元気いっぱいでステキなお姫様との二人旅！
大きなおともだち的にはわっくわくの展開だよね！」

「す、ステキ……照れるわね」

「次の街にはなんと学校があるみたい」

「そうなの？」

「日本みたいな制服はないと思うけど、
リレイア様との学園生活は楽しみだよね！」

「ユキの故郷では、学校に制服があるの？」

「でもそこはリレイア様。
のんびり学園生活を送れると思ったら大間違い！」

「どういう意味!?」

**「次回、『ニチアサ好きな転生メイド、
悪を成敗する旅に出る』エピソード１
『姫とメイドの騎士訓練』！ 来週も、成敗！ 成敗！」**

「貴方さっきから一人で何を言ってるの!?」

「いやあ、我ながらいい感じに次回予告っぽかったですね。
でも、『成敗！　成敗！』はちょっと違うかなーって
思うのですがどうです？」

「急にふらないでくれる!?
この半年で一番わけのわからない会話だわ！」

エピソード1　姫とメイドの騎士訓練

私とリレイアは、二人並んで街道を歩いていた。

出会った時と同様、リレイアは旅の魔道士風、私はメイド服だ。

目立つことこの上ない組み合わせである。

ライゼが生きていた時の提案で、リレイアは没落貴族のお嬢さんという設定にすることが多い。

それでも目立ってしまう彼女から目を逸《そ》らすため、ライゼはメイド服のままだということだ。

しかし私は知っている。

前半は本心だが、後半はライゼがメイド服のままでいたいだけの言い訳だったことを。

わかる！　わかるよその気持ち！

メイド服への誇りはとても共感するところである。

もっともこの時代、使用人の制服に誇りを持つというのも、かなり変わった話みたいだけど。

そのあたりはライゼの人生によるところが大きそうだけど、また機会があればリレイアと話してみるのも面白いかもしれない。

なにより、私は毎日メイド服が着られてハッピーだしね。

ライゼの作戦にのっかることで毎日メイド服を着られる幸せ。

護《まも》りたい、この設定！

「それで、次の街はどんなところなの？」

リレイアが街道の先に見えてきた大きな街に目をやりながら聞いてきた。

「有名な騎士訓練学校がある街ですね。なんでも、王都から離れた土地に全寮制の学校を作ることで、甘えを許さない厳しい訓練を施すとか」

「あれが噂《うわさ》に聞くハイナックということね」

「さすが、よくご存じで」

「初めて来るけれど、随分大きな街ね」

城塞都市としての一面も持つハイナックは、周囲を壁に囲まれた街だ。

ファンタジーものなんかだとメジャーだが、意外とここまでしっかりした街は少ない。

勝手に大江戸ドームに換算してみると……あの例えってテレビなんかで使われるけど、

よくわからないよね。

少なくとも十個分はあるだろう。

こちらの世界の街としてはかなりの規模だ。

なお、ここまでの情報は全てライゼが持っていた知識である。

勤勉だったんだなあ、彼女。

大きいのは敷地《しきち》だけではなく、経済規模もだった。

なかでも、武器屋の数は街の規模に対して通常の数倍はある。

「へへー、いいだろー！　誕生日にショートソードを買ってもらったんだ。ガリアの店のだぜ！」

「いいなあ。オレはロンダルさんのところの槍《やり》がいいなあ」

道ばたで十歳くらいの子供がこんな会話をしている街である。

「へぇ……武器屋がブランド価値を高め合っているのね。騎士訓練学校という定期的に需要を生む客がいるからこういう発展の仕方をしたと。学生達は周辺のモンスター討伐や洞窟探索なんかもするでしょうから、需要はつきないでしょうね」

リレイアは興味深そうに街の様子を見ている。

日本の十五歳からはなかなか出てこないセリフだ。

さすが王族ってとこだろうか。

そうしてぐるりと街を見て、最後に向かう先は酒場だ。

情報が集まるのはいつでもここである。

私達は席につくとパンとシチューを注文した。

まだ日も暮れたばかりだというのに、酒場はとても賑《にぎ》わっている。

こういった場合、必ず現れるのが……。

「ようねーちゃん達、見ねえ顔だな。オレがこの街のことを教えてやろーか？　一晩宿でみっちりとな。ぎゃはははは！」

ほら来た。

下卑た笑い声を上げながら、男は勝手に私の隣に座った。

さらに、肩まで抱いてこようとする。

私はその手を軽く払いのけた。

「ああん？」

男がとたんに不機嫌になる。

まったく、勝手な奴《やつ》だ。

一方リレイアは、すました顔でパンを食べている。

「面白い噂話《うわさ》は歓迎ですが、あなたは好みではありませんので、ご遠慮いただけますか？」

「てめえ！　こっちが下手《したて》に出てりゃ！」

いつ下手に出たんだか。

男が私の手首を掴《つか》んだ次の瞬間、床に倒れていたのは男の方だった。

私はイスから立ち上がってすらいない。

手首の動きだけで、男の体を操ったのだ。

ちゃんとホコリを立てないよう、静かに倒した私、えらい。

周囲の驚きの視線が集まるのも、最初の頃は恥ずかしかったけど、今はちょっと気持ちよかったりする。

だからといって、やたらと暴力を振るったりはしないけどね。

「な、なんだ。なにしやがった⁉」

「はいはい！　そこまでだよ！」

羞恥と怒りに顔を赤くした男を止めたのは、酒場のおかみさんらしき恰幅《かっぷく》の良い女性だった。

「あんたはそんなだからいつまでも女を捕まえられないのさ。さぁ、今日は帰った帰った！」

「くっ……ちくしょう！　絶対美人をモノにしてやるー！」

男は涙目になりながら、酒場を飛び出していった。

ちゃんとお代を置いていくあたり、そこまで悪いヤツではないのかもしれない。

二度と関わりたくはないけど。

私は男がばらまいていった銅貨を拾い、おかみさんに渡した。

「災難だったね。だけどあんた達みたいなべっぴんさん二人連れなんて、からんで欲しいと言ってるようなもんさね。ま、今のを見て手を出そうなんて気合の入った輩《やから》がいるかはともかく、今日はカウンターを使いな」

おかみさんはカラカラ笑うと、私達の食器をひょいと持ち上げた。

「おかみさん」

そんな彼女の背中に声をかけたのはリレイアだ。

「なんだい？」

「シチューのおかわりをくださいな。とても美味《びみ》でした」

マイペースなお姫様である。

「んん？　あっはっは！　いいねお嬢ちゃん達、気に入ったよ。おかわりはサービスだ」

空になった器とリレイアの顔を見比べたおかみさんは豪快に笑う。

「こんなに美味《おい》しいものに対価を支払わなかったとあれば末代までの恥になります。その代わりといってはなんですが、この街に関する面白い噂話があったら聞かせてくださいな。旅の楽しみですの」

「嬉《うれ》しいことを言ってくれるねえ。ちょっと待ってな！」

シチューを二杯持ってきたおかみさんは、しゃべるわしゃべる。

私は一杯でお腹《なか》いっぱいだったのだけど、ここでおかみさんの機嫌を損ねるわけにはいかない。

やや薄味のシチューを静かに口に運ぶ。

メイドらしくクールにいただくのだ。

おかみさんの噂話は実に多岐にわたった。

パン屋の息子（十八）と八百屋の娘（三十五）がデキてるなんて全く興味のわかないものから、三つ谷を越えた先で山が爆発したなんていう笑い話まで色々だ。

最後のは犯人が目の前にいるんだよねえ……。

ストレスがたまってても禁呪《きんじゅ》をぶっぱなしたりしないよう釘《くぎ》をさしておいたから、今回

は大丈夫だと思うけど。

あんなことしなくても、言うことを聞かせる方法は持ってるんだしね。

幼女バージョンのリレイアはかわいいんだけど、抱えての旅はやはり大変なのだ。

かれこれ一時間以上はおかみさんのトークを聞いていただろうか。

これでも彼女、話しながらしっかり仕事をこなしているのだからすごい。

「他のお客さんの相手はしなくて大丈夫なのですか？」

色々話してくれるのはありがたいのだが、つい聞いてしまった。

よほど私達を気に入ってくれたのかもしれないが、こちらが頼んだ手前、少し申し訳なくなる。

「んん？　初回のお客さんへのサービスさ。また来てくれるだろ？」

「あら、商売人ですね」

「そりゃそうさね」

満開の笑顔が実に気持ちのいいおばさんだ。

「私も貴女《あなた》を気に入りましたわ。贔屓《ひいき》にさせてもらうわね」

リレイアもまた笑顔で応える。

噂話の聞き出し方といい、このあたりのコミュ力はさすがである。

就職に失敗したかつての私とは大違いだ。

「おばちゃん、ツケで頼むわ」

当たり前のようにそう言って店を出ていったのは、四人の若者だった。

姿勢や足取りから察するに、剣士としての訓練を受けている。

「今のは騎士訓練学校の学生ですか？」

私の問いに、おかみさんは一瞬だけ顔をしかめた。

「まあねえ。彼らがいるから街が賑わっているのは確かなんだけどね。毎回ツケにされたんじゃこっちも商売ってもんがね」

「断れないのですか？」

「親戚が武器屋をやっててね……」

なるほど……悪い噂をたてられると、訓練学校から武器屋への発注が止まる可能性があるのか。

「まあ、殆《ほとん》どの学生は礼儀正しい連中だから、必要経費と割り切るさ」

おかみさんはやれやれと首を振った。

「今の連中、テーブルマナーは知ってるようだったから貴族の次男か何かでしょうに、けっちぃですわね」

リレイアがミルクをぐびりと飲んだ。

施す側であるはずの貴族がたかってどうするのだということかな。

いや……呆《あき》れるように見せながら、これはけっこう怒っているパターンだ。

「その騎士訓練学校だけど、面白い噂《うわさ》はないのかしら。おかみさんなら何か知っているのでしょう?」

リレイアはいかにも噂話大好き少女といった雰囲気を全力でだしつつ、おかみさんに耳打ちするように聞いた。

これ、首を突っ込むやつだ。

こんな聞き方をされれば、答えたくなるのがおばさんという生き物である。

おかみさんは怪談でもするようなテンションで声を潜めつつも、どこか楽しそうに話し始めた。

「騎士訓練学校ってのはね、この街の殆どの商売人にとっちゃ上得意様なのさ。しかも、騎士様になった学生達は、学生時代に気に入ったブランドの武器を使い続ける傾向にある。もし偉くなったりした日にゃあ、部隊まるごと同じブランドの武具で固めるなんてこともあるのさ。そうなると、何が起こるかわかるかい?」

「賄賂ですわね」

「おやお嬢ちゃん、賢いね」

「もう十五ですけど？」

「子供扱いされて怒るうちはまだ子供さね」

口をへの字に曲げるリレイアが年相応に見えてちょっとかわいい。

「まあここからが面白いところさ。ある日、賄賂に気付いた正義感溢《あふ》れる学生がいた」

「まさか、大騒ぎして、王都の騎士団に直訴しに行ったわけじゃないですわよね？」

「そのまさかさ」

「あちゃぁ」

リレイアはオデコにぺんと手を当て、天を仰《あお》いだ。

お姫様がどこでそんなリアクションを覚えてくるのか。

あ……私か。

たまにやってたのがうつったのかも。

「それはまずいですわ。騎士訓練学校はメンツを潰されることになるし、賄賂に資金をつぎ込んできた商売人にも恨まれる」

「二十人を超える学生が街で看板を掲げて大騒ぎするもんだから、さすがに焦《あせ》ってたよ。あれは見物だったね」

この反応からすると、おかみさんは賄賂とは無関係なのだろう。

むしろ、学校やその周囲には色々と思うところがありそうだ。

「でもここからが本番さ。その学生達は二ヶ月前、代表者五人で王都へと向かったんだ」

おかみさんはそこで小さく息を吸うと、さらに声をひそめた。

「その学生達、峠を越える時に全員事故で亡《な》くなったらしいんだよ」

「え？　全員……ですの？」

リレイアが驚くのも無理はない。

ここから王都へ向かう方角には確かに峠があるし、距離もかなりのものだ。

しかし、気をつけて進めば全員が亡くなるような事故にはなかなか遭わないはずの道だ。

騎士訓練学校と王都をつなぐ道だけあって、それなりに整備された街道が続くからだ。

「あまりに遅いから残った学生が様子を見に行ったのさ。すると、次の峠を越えた先の村に学生達は着いてないっていうんだ。峠を越える者は絶対に一泊する村にだよ」

「死体は出たんですの？」

「いいや。でも、彼らの荷物が一つ、崖の途中に生えている木に引っかかっているのが見つかったんだ。谷は深すぎて底が見えない上に、モンスターも出るっていうんで、捜索はなしさ」

「谷に全員落ちたと？」

リレイアの呟《つぶや》きに、おかみさんは神妙な顔つきで頷《うなず》いた。

「さすがに、ちょっとおかしいなとはみんな思ったよ」

ちょっとどころではない。

誰かが崖から足を滑らせたとしてだ。

数人が助けに行ったとしても、そのまま全員同時に落ちるなんてことはまずありえない。

しかも、学生とはいえ騎士の訓練をある程度受けている連中なのだ。

助けを呼びに戻るくらいの頭はあるだろう。

「今度は誰も騒がなかったんですの？」

「逆に事が大きくなりすぎて、誰も声をあげられなくなったのさ。国から騎士訓練学校にはかなりのお金が出ているらしくてね。これ以上騒いで、街が廃れるなんてことに繋《つな》がったら、儲《もう》けるどころか食べていけるかも怪しくなるからね。騒ぐ学生がいなくなったのを機会に、うやむやにしようって雰囲気なのさ」

神妙な顔で聞いていたリレイアの口元が、微《かす》かに持ち上がったのを私は見逃さなかった。

どうやらこの街でのターゲットが決まったようである。

今晩はおかみさんに紹介してもらった宿に一泊だ。

一番安いところを頼んだせいなのだが、まあ……ぼろ宿である。

取った部屋は、節約のためにベッドは一つだけ。

二人はとても入れない小さなベッドなので、私はイスで眠る。

しっかり鍛えられたこの体は、それでも十分な休息を取ることができる。

もちろん、主《あるじ》を差し置いて自分だけベッドを使うなどという選択肢は初めからない。

「明日はまず入学。次に内部から調査。そして悪事を暴いてハッピーエンドよ。いいわね？」

リレイアはベッドから顔をこちらに向けて、にやりと笑った。

「え？　今のが作戦ですか？」

「そうよ」

「それはただの方針というのでは？」

「今から細かいこと考えたってしょうがないでしょ。当たって砕けよ」

「砕けろ」ではないところが彼女らしい。

旅を続けるほど、どんどんアグレッシブに……いや、ライゼの記憶によるとおてんばなのは昔からか。

こう言ってはいるものの、彼女がちゃんと色々考えていることを私は知っている。

まあ……本当に行き当たりばったりの時もあるから、たまにひやっとさせられるんだけど。

「街の人の利益を損なわずに解決することが大切ですよ」

住民の支持を得ることもこの旅の目的だ。

ならば、どれほど素晴らしい正義であっても、彼らの損になってはあまり意味がない。

その日の暮らしに苦労する彼らにとって、収入が減ってでも成したいことなど、それこそ命に関わることくらいだ。

「わかってるわよ。私に出会ってよかったって、絶対思わせてやるんだから」

これから苦労するとわかっていても、この満開の笑顔にころっとやられてしまう。

私の憧れたヒーローやヒロイン達は、何かしらの信念を持っていた。

それはリレイアも同じで、それこそが彼女の放つ『ついていきたいと思わせるオーラ』の源なのだろう。

八つも年下なんだけどね。

「じゃあユキ、今晩はなんのお話をしてくれるの？」

二人で旅をするようになって以来、寝る前にお互いの世界の話をするのが習慣になっている。

「今日はリレイア様の番ですよ」

「えぇー？　そうだっけ？」

わかってて言ってるなこれは。

私の話を楽しみにしてくれるのは嬉《うれ》しいが、私もまたリレイアの話を楽しみにしているのだ。

たいていのことはライゼの記憶によって知っているのだが、リレイアの目と心を通して見た世界はまた興味深い。

「そうですよ」

「ちぇー。じゃあねえ……初めて禁呪《きんじゅ》を使えた時のことを話そうかな」

「それは興味ありますね」

「禁呪のことは知ってるよね？」

「魔石《ませき》を必要としない代わりに、使用者に副作用がある強力な魔法のことですよね」

加えて、世界でいくつか見つかっている禁呪は、よほどの適性がないと使用できないらしく、呪文や理論を理解していても、発動させられる者は極《ご》くわずからしい。

どうも普通の魔法とはルールが違うようなのだが、ライゼもそこまで魔法に明るいわけではなかったようで、記憶を掘り返してみても詳細はわからない。

「私が使える火の禁呪は、生命エネルギーをごっそり持っていかれるのか、一時的に子供になっちゃうのよね」

「大爆発を起こせることよりも、そっちの方が不思議ですが」

「まあねえ。禁呪も結局、使い方と結果がわかってるだけで、詳しいことは不明なのよね。いつか私が解明してみたいわ」

「リレイア様は本当に魔法がお好きですね」

「努力する機会と才能があれば、誰でも不思議なことがおこせる。これってある意味平等じゃない？」

「そうかもしれませんね」

現代日本の常識では、それを『平等』と呼ぶかは意見のわかれるところだろう。

ただ、こちらの世界の不平等さを考えれば、そういった発想になるのも頷ける。

「話を戻そうか。あれは十歳の頃だったかな。いつものように、王宮の禁書庫に忍び込んでたのね」

「重罪をさらっと……」

「あら、こうして旅の役に立ってるからいいのよ。そこで炎の禁呪に関する魔道書を見つけたの。あの時の興奮は今でも覚えているわ」

本を掲げて喜ぶ姿が目に浮かぶようだ。

「ただ、そこらで実験をするわけにはいかないから、毎日塔の上で試してたのね」

「それは……相当怒られたのでは……」

「いやー、禁呪の構築式と相性が良かったのか、バレる前に習得できたから怒られはしなかったよ」

「さすがリレイア様ですね」

やはり、魔法の才能はかなりのものを持っている。

「ただ、隣国と戦争になりかけたけど」

「え……」

「禁呪を遠くの空に向けてぶっ放したんだけどさ。ちょっとウチと緊張関係にある国の方向だったみたいでね。いやー、あそこまで派手に爆発するとは思わなくて。えへへ」

「笑い事じゃないですよ!?」

「あの時はライゼにすごい迷惑をかけてしまったのよね……」

たしかにライゼの記憶には、その尻ぬぐいに奔走した当時のものがあった。

ただ……。

「ライゼさんは苦痛だとは思ってなかったみたいですよ」

「彼女ならそうだと思うけどね……」

言葉とは裏腹に、リレイアはしかられた子供のような顔をした。

それだけで、二人の間にある長くて篤《あつ》い信頼をうかがうことができる。

私もいつか、リレイアとそんな関係になれるだろうか。

◇◆◇

翌朝。

リレイアと私は、騎士訓練学校の前にいた。

私の背丈の二倍はある門が、大きく開かれている。

校門を前にしたリレイアは腰に手を当て、「むふー」と鼻息を荒くしている。

はしたないからやめなさいってば。

と言いつつ、私も内心わくわくしている。

戦う中学生が人生のメインヒロインな私にとって、学校イベントは楽しみでしょうがない。

特に、普段見られないリレイアの学生モードを、ついあれこれ妄想してしまう。

日常あってのバトルだよね、なんてことはリレイアの生い立ちを考えると軽々しく言えないが、せっかくの旅なのだからこういうイベントも楽しんでいきたい。

昨晩のうちに私が収集しておいた情報によると、この学校の試験と入学は夏に行われる。

しかし、一斉入学以外にも、随時入学は受け付けているらしい。

なんでも、かつて才能ある新人を他国にとられた経験からきているのだとか。

かつてはそうだったのかもしれないが、今となってはその理由が建前であることを私は知っている。

私とリレイアは、ちょっとしたお城くらいはありそうな敷地《しきち》を迷わず進む。

見取り図は昨晩のうちに入手済みだ。

向かう先は、教員達が詰めている建家である。

建家には三十名を超える教員らしき大人がいた。

日本の職員室を想像すると、そこまで多くもないが、こちらの世界で教員がこれほど一箇所に集中するのは珍しい。

「入学試験を受けさせてくださいませんか」

そこへ乗り込んだリレイアは、静かに、それでいて室内によく通る美声でそう言った。

同時に、近くにあったテーブルに、どんっと革袋を置く。

中にあるのは銀貨だ。

私達の手持ちのお金、ほぼ全てである。

二人が半年は旅を続けられる金額だ。

「急な試験には手数料がかかると伺いましたの。これで足りるかしら？」

これが、夏の一斉試験以外による入学者が極端に少ない理由だ。

この『手数料』を持っていかないと、なにかと理由をつけて、対応を後回しにされるらしい。

なお、学校の決まりに『手数料』のことは一切書かれていない。

『手数料』なしでもしつこく通えば試験を受けさせてもらえるらしいが、そんなことをするくらいなら、夏の試験を受ける方が早い。

試験内容も夏の方が簡単だと聞く。

しかし、私達に三顧の礼をしている時間はない。

ということで、有り金をほぼ全額ベットである。

「我が校は実力さえあれば誰にでも門を開いている」

そう言ってイスを立ったのは、四十代半ばのゴツい男だった。

髪は大部分が白くなり、顔のシワも多いが、体はガチムチである。

腕など、私の頭より太い。

そんな大男が、ちらっ、ちらっと革袋を見ながらこちらにやってくる。

「副校長のゴリアスだ。剣と斧《おの》も教えている」

ゴリアスは革袋を手に取り、中身を改めると、満足そうに頷《うなず》いた。

リレイアがこちらに一瞬視線を向け、口の端を持ち上げた。

まっすぐここへ来たのは、リレイアの作戦だ。

できるだけ教員がたくさんいる場所で、たくさんのお金を出す。

そうすると、まわりが遠慮して、立場の強い人間が受け付けてくれるだろうというのだ。

はたして、その通りの結果になった。

「飛び入りの入学試験は、受け付けた者が対応することになっていてな。俺がキミ達を試験することになる」

前情報通りだ。

試験を担当した教員が推薦人となって、入学できるらしい。

電話を取った人が担当になる権利を得られるマンガ編集みたいなものだろうか。

だからこそ、リレイアは立場のある人間を狙ったのだ。

試験のハードルは上がるかもしれないが、その後が動きやすいからである。

少しくらい難しい試験を課されても、私達ならなんとかなるだろう。

「私はリレイア、このメイドはユキです」

「おう。では試験だが、今からでかまわんな？」

「もちろんですわ」

「よろしい。付き人のキミはここまででいいよ」

ゴリアスは私に目で出入口の方を指した。

「私も志望者です。手数料は二人分としても十分かと存じますが」

「む？　その服装でか？」

まあそういう反応になるよね。

「メイドにとっては、これこそが戦闘服でございます」

私はスカートの端をつまみ、優雅に礼をしてみせる。

本来メイドはこういった貴族のような礼はしないが、雰囲気というやつだ。

「う……うむ。まあいいだろう……」

ゴリアスは多少困惑しながらも頷いてくれた。

これが金の力である。

作戦に失敗したら、路銀がゼロになるんだけどね……。

「中途入学者は、今の学生達を刺激できるだけの実力を示すことが条件だ。剣でも槍《やり》でも弓でもなんでもよい。もし使えるなら魔法でもな」

「話が早くて助かりますわ。私は魔法を少々使えるのですが、お相手をしてくださるのはどなたですの？　動かない的相手では、実力は測れませんわよね？」

「育ちは良さそうなのにいい度胸だな。よし、二人ともついてこい」

ゴリアスはにやりと笑うと、私達を学校の中庭へと連れていった。

中庭は三つの建家に囲われたグラウンドのような場所だ。

建家のうち一つは寮らしく、気付いた学生達が窓からこちらを見ている。

「おいキーリ！　ちょっと来てくれ！」

ゴリアスは自主的に朝練をしていた学生の中から、一人を呼びつけた。

こちらにやってきたのは、身長百九十センチは超えようという長身のさわやかな青年だった。

私の背丈ほどもありそうなグレートソードを軽々肩に担《かつ》ぐわりに、無駄な筋肉のついていない細マッチョだ。

実に主人公っぽい出《い》で立ちである。

「こいつはキーリ。剣も魔法も学内トップだ」

「へえ……魔法もですの？」

この世界で魔法を行使するには、知識と才能が必要だ。

特に知識は一部の貴族に独占されているため、平民で使える者はほぼ皆無である。

つまりキーリは、かなり上位の貴族出身ということになる。

もっとも、剣の腕も良いというのなら、かなりの努力家でもあるのだろう。

「この方に勝てばよろしいんですのね？」

そう言ってリレイアが肩から下ろした手荷物を、私はすかさず一歩前に出て受け取る。

うむ。メイドっぽい動きだ。

我ながら板についてきたものである。

メイド喫茶では味わえない充実感だ。

「勝てれば文句なしで合格。そうでなくても、魔法でそれなりの戦いができれば合格だ。

魔法を扱える者は貴重だからな」

「わかりましたわ。では、さっそく始めましょうか」

リレイアは挑戦的な笑みをキーリに向けた。

「キーリ、いいか？」

「もちろんです」

ゴリアスの問いに笑顔で頷いたキーリは、グレートソードを地面に突き立てた。

魔法戦ならば不要ということだろう。

「受験者がキーリと戦うらしいぜ」「まじか。よりによって相手がキーリとはかわいそうに」「どれだけもつかかけるか?」「よしのった!」

いつの間にか野次馬が集まってきている。

キーリがナンバーワンというのは本当なのだろう。

学生達からもすごい信頼だ。

「では二人とも離れて。おいみんな! 野次馬はいいが、流れ弾に気をつけろよ! 結界はないからな!」

リレイアとキーリは十メートルほど離れて立ち、野次馬達は二人からさらに二十メートルほど離れた。

私も野次馬達の最前列に並ぶ。

「なんでメイドがここに……?」「えらい美人なメイドだな……」「お、おっぱ……すご……」

近くにいる野次馬達が私を見て何か言っているが、聞く耳を持たないことにする。

正直、ちょっと嬉《うれ》しいが、今の主役はあくまでリレイアなのだ。

「キーリ、できるだけケガはさせるなよ。ええと、リレイアだったか。仮に死んでも訴えることはできん。いいな？」

「はい」

「かまいませんわ」

「よし、では始め！」

ゴリアスの号令で、キーリは懐《ふところ》からクルミほどの大きさをした、赤い石を取り出した。

それを手に握り込み、口の中で呪文を唱え始める。

それに少し遅れてリレイアもイヤリングを片方外し、そこにはめられていた赤い石を握る。

あの石は『魔石《ませき》』と呼ばれる魔法のエネルギー源だ。

魔法用の石炭だとでも思ってもらえればいい。つまり、消耗品である。

魔法もまた物理法則の一つである以上、エネルギーなしに発動することはできない。

この魔石がまたお高い。

それも魔法の使い手が少ない原因なのだ。

お願いだからリレイア、無駄遣いしないでね。

あんまりお金ないからね！

「疾走《はし》れ炎弾《えんだん》！　バースト――」

キーリが発動しようとしたのは、手から爆発する炎の弾丸を複数放つ魔法だ。中級魔法の中では殺傷能力は低く、直撃しても全身火傷《やけど》程度ですむ。

しかし、キーリが魔法を放ち終える直前、リレイアの魔法が先に完成していた。

「大地に穿《うが》て！　ピットフォール！」

リレイアが魔石を地面に押し付け、そう叫ぶと、キーリの足元の地面がすっぽり円柱状にくりぬかれた。

それと同時に、キーリは魔法を放ちながら落ちていく。

落とし穴からは激しい爆発音と土煙が上がった。

キーリ君、魔法を止められず、落下中の壁面で爆発させてしまったようだ。

この爆炎を背景にキメポーズでも取ってくれれば、変身ヒーローさながらの絵が撮れそうだね。

「それほど深くは掘っていませんが、自力で上がってこられる高さではありませんわ。なんなら、このまま埋めて差し上げることもできますが、いかがします？」

えげつないことをさらっと言うリレイアである。

「むう……一つだけ聞きたいのだが、落とし穴の魔法を選んだのはなぜだ？」

ゴリアスがリレイアの所行に若干引きながら聞いた。

「キーリさんが使う魔法は、呪文の序盤で選択肢が五つに絞られました。いずれも、この方法で対応できると読んでの選択ですわ。私が選んだのは詠唱も短い魔法ですし。それと、彼はその場から動くつもりがなさそうだったというのも大きいですわね」

さすが魔法オタク。

どの世界でも、オタクは好きなことになるとちょっと早口になるのは変わらない。

「なるほど……。どう思う？」

ゴリアスは、見学に来ていた他の教員に目を向けた。

体の細さからして、おそらく魔法系の教員だろう。

「魔道士として最も大切な状況判断力と応用力をもっているようです。なにより、いかに試験ということで油断があったとはいえ、キーリにこのような勝ち方ができる者はそういないでしょう」

「だな。では、この試験、合格とする！」

「ありがとうございます」

優雅に礼をするリレイアに、野次馬達から喝采がおきた。

「すげえ！　キーリが負けたの初めて見たぞ！」「俺もだ！　こいつはやべぇやつが入ってきたぜ」「オレ、魔法系じゃなくてよかった。席次がまた下がるところだ」

そんな野次馬達にも、リレイアは礼をしてみせる。

場違いとも思える優雅さだが、騎士には貴族の次男坊も多い。

日常の一部として、受け入れているようだ。

中にはすでに「惚《ほ》れちまったぜ」みたいな顔をしている男子も多い。

「さて、キミもだったな」

ゴリアスの手招きに応じて、私は前に出る。

「まじ?」「メイドが騎士になんの?」「むしろ嫁にしたいんだが」

そんな声を無視し、私はゴリアスの前に立つ。

視界の端では、落とし穴からキーリの救出作業が進んでいる。

「キミの相手もキーリにしてもらおうと思ってたんだがな。順番を逆にすべきだったか」

それは私も同感だ。

「しかたない……。俺が相手をしてやろう」

ゴリアスはキーリのグレートソードをひょいと片手で持ち上げた。

「おお……ゴリアス先生の戦いが見られるぞ」「ばっかやろう。本気なんて出すはずないだろ。授業と同じだよ」「それもそうか」

賄賂だなんだと言われている学校だが、教員はしっかり強いらしい。

それは構えからもよくわかる。

相手にとって不足はない。

「よろしくお願いします」

私はスカートの中から小ぶりのナイフを取り出した。

「まじかよ」「あんなんで受けたら、ナイフごと一刀両断だぞ」

ざわつく野次馬を目で制したゴリアスは、こちらに向き直る。

「いいんだな？」

「はい。私は身軽に戦うのが得意なんです」

「あとで文句を言うなよ。……いくぞ！」

ゴリアスの足下が爆発すると同時に、グレートソードを背中に構えた巨体がつっこんできた。

力士の突進はその図体《ずうたい》からは想像できない速度だという。

彼もまたそうだった。

転生前の私なら、なすすべなく一撃で葬《ほうむ》り去られていただろう。

グレートソードが眼前に迫る。

殺気はない。

この大質量を寸止めできる自信があるのだろう。

すごいことだが、不要だよ。

私は振り下ろされたグレートソードを横に避け、ナイフをゴリアスの首筋へと向ける。

そこらの相手なら、これだけで勝負がつくはずだった。

しかし、腰のあたりまで振り下ろされたグレートソードが、軌道を真横に変えて私を襲ってきた。

デカい剣でやることじゃない！

間に合うか⁉

私は剣を飛び越すように跳躍する。

「しまった！　つい！」

ゴリアスが漏らした声は、私を殺してしまったと思ったのだろう。

横薙《な》ぎに移行するつもりなどなかったに違いない。

私が思ったより速かったため、体が動いてしまったといったところか。

彼が優秀な証《あかし》ではある。

「いや、いない⁉」

「勝負ありですね」

今度こそ、私は剣の上から、ゴリアスの首筋にナイフを突きつけていた。

「おい……剣に乗ってるぞ」「あの速度で振られた剣にそんなことできるもんなのか？」

「いやいや、そもそも避けられねえよ。盾で防ぐならともかく」「ばっか、盾ごとふっとばされて終わりだぜ」

ギャラリーの反応も上々だ。

「まいった。すごい二人が来たものだな」

それを聞いた私は、バク宙で剣から飛び降りた。

スカートがふわりと下がるのを待ってから、優雅に礼をする。

「皆様、本日からよろしくお願いいたしますね」

リレイアは女性をも惹《ひ》きつける笑顔でそう言ったのだった。

◇　◆　◇

入学初日から授業への参加を許された私達は、午前の座学を受けた後、学生達からの質問攻めにあっていた。

　このあたりは、転生前とあまり変わらない。

　友達の少ないコミュ障な私にとっては、あまり関係ないイベントだったけど。

「家名を聞いても？」

　キラキラした目で聞いてきたのは、育ちの良さそうな女子学生だ。

　年は十七歳前後といったところか。

　教室内を見回すと、それくらいの年頃が最も多い。

　もちろん、十代前半から二十代中盤くらいまで多様ではある。

　男女比はやはり、男子が八割と多いが。

「家名だなんて……私達は平民ですわ。ねえ、ユキ」

「はい。二人とも、とある家に仕えていたメイドなのです」

　今回はそういう設定である。

　平民のフリをできればよかったのだが、リレイアにそれをさせると、どうしても育ちの良さが出てしまう。

　なら、使用人として仕込まれたことにした方が良いということになったのだ。

　リレイアは没落貴族ということにする場合も多いが、今回はできるだけ余計なしがらみがない方が動きやすいという判断だ。

「まあ……よほど良く仕込まれたのですね。てっきりどこかの貴族かと。魔法も使えるようですし」

「ご主人様の方針で、使用人は少数精鋭でしっかり教育してくださったのです。魔法はたまたま私に才能があっただけですわ。お屋敷《やしき》にあった文献を勝手に学んで、家庭教師のようなこともしてましたから」

「そのお年で!? 優秀だったのですね。魔法を独学でなんて、普通はできませんよ!」

「それほどでもございませんわ」

ちょっと嬉《うれ》しそうなリレイアである。

多くの嘘《うそ》がまざっているが、魔法の修行を頑張っていたのは本当だからだ。

もっとも、彼女にとって魔法は強い興味の対象であり、『努力した』という意識はないようだけど。

夢や目標に向かって突っ走る女の子って、とってもニチアサ的だよね。

私がリレイアに惹かれるのって、こういうとこなんだよね。

「でもなぜユキさんだけメイド服を?」

なぜここに来たのかは問われなかった。

私達以外にも、それぞれに事情がある者も多いからだろう。

「好きなので」

「え？」

「メイド服が好きなんです」

「そ、そうなのですね……」

女子学生は、「この人変わってますね」と言わんばかりにリレイアを見た。

リレイアは小さく肩をすくめてみせる。

ちょっと⁉

リレイアも十分変わり者だからね！

私だけがそんな扱いは心外だよ！

ここでそう主張するわけにはいかないけどさ！

でも、同年代の女子と話すリレイアが楽しそうで少し私も嬉しい。

王族だけに友達なんていなかっただろうし、ライゼが亡くなってから信頼できる相手もいないみたいだしね。

私が代わりになれるのにはまだまだ時間がかかりそうだし……。

学生時代に友達が少なかった私も、ちょっとこの雰囲気にはわくわくしてしまう。

「ところで最近、ここの学生さんが亡くなったという噂《うわさ》を聞いたのですが、よくあることですの？」

リレイアがいきなり話題を切り替えると、室内の雰囲気がピリついたものに変わった。

「ほら、厳しい実技訓練もあるでしょうし、そういった際の事故もあるのかなと怖くて」

体をぶるっと震わせてみせたリレイアを見た女子学生は、少し緊張を和らげた。

「大丈夫。そりゃケガはしょっちゅうだけど、安全には配慮されてるから」

「まあよかった。それなら安心ですわ」

リレイアはほっと胸をなで下ろす。

それと同時に、周囲の雰囲気が穏やかなものに戻った。

このあたり、リレイアは全て演技である。

さすが、王宮で生き抜いてきた彼女は、他人の心を上手《うま》く操る。

うーん……、事故のことはみんな知ってるけどタブーって感じか。

単純に話題に出したくないだけなのか、何か裏があるのか……。

◇◆◇

騎士訓練学校の初日は、なんてことなく過ぎていった。

訓練はたしかに厳しいものだったが、ライゼの体を持つ私にとってはちょろい内容だ。

「い、痛い……全身痛いよう……」

しかし、リレイアにとってはかなりの苦行だったらしく、寮のベッドから起き上がれないでいた。

なお、寮は私とリレイアの二人部屋だ。

ベッドと机が二台ずつあるだけの、簡素な部屋である。

旅を通じて体力はかなりついたとはいえ、剣術となると使う筋肉は異なる。

魔法系の学生も、基礎剣術の授業にはしっかり参加するのだ。

「ああ……そこそこ……。ユキ……気持ちいいわ……」

というわけで、上半身裸でベッドでうつぶせになるリレイアにまたがり、マッサージをしているのだ。

少女の綺麗《きれい》な肌が手に吸い付いてくる。

マッサージ技術もまた、ライゼの知識だ。

「学生達も事件のことは気にしているみたいね……」

リレイアが私の下で頭を悩ませている。

「ちょっと面倒な話になりすぎたから、口をつぐんでいる感じですかね」

「そうだと思うわ。卒業後の進路にも響くでしょうし。一時は熱くなった学生達も、頭が冷えたってところじゃないかしら」

「学生達から話を聞き出すのは難しそうですね」

「そうねえ……。ちょっと強引に情報収集かな？」

「いつものやつですね」

「ええ。そうと決まれば、早速今夜から行動開始よ！」

私を押しのけて、勢いよく立ち上がるリレイアだ。

「前！　前隠してください！」

私は慌ててシーツで彼女の肌を隠す。

「あいたたたた……やっぱりまだダメみたい……」

シーツにくるまったリレイアは、激しい筋肉痛によってうずくまる。

「今日はユキだけでお願い……」

そうして、悔しそうに唇を尖《とが》らせると、上目遣いに私を見るのだった。

ああもう、この表情がかわいすぎなのである。

私は闇夜にまぎれ、学校の敷地《しきち》を歩いていた。

いつものメイド服ではなく、体にぴったりとフィットする怪盗スタイルだ。

さすがにいつものエプロンドレスはシルエットが目立つし、どこかに引っかけかねない。

目指すは教員の詰め所だ。

現代日本と違って、科学的なセキュリティはないし、魔法によるそれもない。

前者は当然ながら、後者はそういった魔法の使い手が極端に少ないためだ。

最終的に欲しいのは、学生達の死の真相。

そして、成敗すべき黒幕が誰かということだ。

教員の詰め所は石造りなので、室外からは声が聞こえにくい。

しかし、その通気口が一つ上の階と共通になっていることは、調べがついている。

また、日中にこの目でも確認済みだ。

私は二階から通気口に体をすべりこませる。

這《は》って進むことになるのだが……む……胸がつかえて苦しい……。

詰め所に近づくと、既に夜更《よふ》けだというのに話し声が聞こえてきた。

いや、声は詰め所ではなく、校長室からだ。

詰め所と校長室の通気口も繋《つな》がっていたはず。

私は進路を校長室へと変えた。

「あの二人、どう思う？　やはり王都からの調査員だろうか？」

「どうでしょう……それにしては露骨すぎる気がしますが」

ここからでは姿は見えないが、一人目は知らない初老の声、二人目はゴリアスだろう。

実は今日、リレイアはことあるごとに学生の不審死についての話題を各所でしてまわった。

それで情報を得られるような状況でないことはわかっていた。

本当の狙いは、今繰り広げられている光景である。

私達が動くことで、不安になった犯人は何かしらアクションを起こすだろうということだ。

案の定である。

どうやら主犯はこの二人らしい。

わかってはいたことだが、やはり事故ではなさそうだ。

「学生全員を手にかけたのはやりすぎだったのでは……」

「何を言うか。最悪この訓練学校がお取り潰しになったかもしれないのだぞ」

「しかし校長……」

「くどい！　証拠は残っておらんし、今更どうすることもできん」

初老の声は校長らしい。

場所が校長室だったからそうかとは思ったけど。

黒幕が校長かぁ。

これはなかなか面倒だ。

学校という閉じた社会でのトップを糾弾するのは、なかなか骨が折れる。

まず上の人間を落としておいて……という常套《じょうとう》手段が取れないからだ。

「ではあの二人は……」

ゴリアスが昼間からは想像もできないような弱々しい声を出した。

「監視しておけ。もし何かあれば……わかるな？」

「しかし……そこまでしなくても……」

「この学校がなくなって一番困るのはお前だろう？」

「それはそうですが……」

「おやおや。ワシの強化魔法がなくなれば、その体は昔の貧弱なものに戻るのだよ？　その意味をよーく考えることだね。病気の家族がいるのだろう？」

そういうことか……。

ゴリアスは校長に弱みを握られているのだ。
校長が黒幕で、学校を護《まも》ろうとしている……かどうかはまだわからないが。
「でも、殺し以外の方法だって……」
そう。殺しまでする必要はなかったはずだ。
学生をまとめて葬《ほうむ》ったりすれば、目立つことこの上ない。
「む……？」
校長の声が低くなり、意識がこちらに向けられた。
バレた⁉
これまで何度かこういった潜入をしたが、バレたのは初めてだ。
ただバレただけではない。
校長の放つ殺気に、背筋がぞくりとした。
さすが訓練学校の校長と言うべきか。
私は急いで通気口を後退《あとずさ》った。
ちょうど通気口から外に出た瞬間、そこから炎が噴き出した。
校長の魔法⁉
いくら石造りだからって無茶しすぎ！

声が聞こえるぎりぎりまでしか進んでいなかったことが幸いした。

もう少し校長室に近づいていたら逃げ切れなかっただろう。

寮にもどって、聞いてきた内容をリレイアに報告すると、彼女は難しそうな顔で唸《うな》った。

「ふぅん……なるほどね……」

「何か気になることがあるのですか？」

「その校長が黒幕で間違いないとは思うんだけど……。どうも、欲にまみれた連中とは思考が違うのよね」

「といいますと？」

「お金や地位が欲しいだけなら、他にやりようがあると思うの。よほど自分が万能だとでも思っていない限り、そんな無茶な方法はとらないと思うのよね。いくら偉いといっても、所詮校長よ？　有力貴族や王族に睨《にら》まれたら終わりだわ」

「たしかに……」

「んー……まあ、これ以上考えても仕方なさそうね。明日は校長に関して調べてみましょ。お手柄ね、ユキ」

「はい、ありがとうございます」

思わず自分の顔から笑顔がこぼれたのを自覚してしまう。

ＪＫくらいの年頃の女子に褒められて嬉《うれ》しくなるのもどうかと思うけど、これがリレイアのパワーなんだろうなあ。

私がライゼの影響を受けているのも確かなんだけど。

「さて、今日は何のお話をしてくれるの？」

昨晩はリレイアの話を聞いたので、今日は私の番だ。

「それじゃあ今日はサウナの話をしましょうか」

「サウナ……？」

「お風呂《ふろ》に併設されていることの多い、高温多湿部屋のことです」

「なにそれ。拷問？」

「たくさん汗をかいて、体内の老廃物を排出することができて気持ちいいんですよ。私は体力がなかったのですぐギブアップしちゃってましたけど」

「ええと……やっぱり拷問？」

あれえ？　中世でもサウナ式のお風呂があったって聞いたことがあるけど、こっちの世界にはないんだろうか。

「サウナのあとの水風呂が、体がきゅっとしまる感じがしてまた気持ちいいんです」

「やっぱり拷問じゃない」

「ほんとに気持ちいいんですって」

「ええー？」

「今度作ってみますから一緒に入りましょう？」

「随分推すわねえ。いいわ、もし気持ち良かったら王都にも庶民向けのものを作りましょう。もちろん王宮内にもね」

「ふふ……絶対気に入りますよ。ちなみにサウナで心身ともに良い状態になることを、『整う』というんです」

「なんで？」

「さあ……なんででしょう？」

「整う……ふーん、なんだかよくわからないけど、いい響きね」

リレイアが女王になった時の楽しみがまた一つ増えてしまった。

◇　◆　◇

訓練学校潜入二日目の朝。

まだ人のまばらな教室で、最初の授業が始まるのを待っていると、キーリがやってきた。

包帯で腕を吊《つ》り、松葉杖《まつばづえ》をついている。

「なかなかタフねえ」

私にしか聞こえない小声で、リレイアが他人事《ひとごと》のように呟《つぶや》いた。

やったのはリレイアなんだよなあ、と思わなくはないけど、恨みっこなしの試合ではあった。

「なあキミ。僕とまた戦ってくれるか。あのままじゃあ卒業できねえ！」

挨拶もなしに、開口一番これである。

熱いねえ。

「あれは奇襲みたいなものですもの。まともにやれば貴男《あなた》の勝ちですわ」

リレイアは心にもないことを言いながら、朗らかに微笑《ほほえ》んでみせた。

その笑顔にやられ、ちょっと紅《あか》くなるキーリ君。

ふっ……まだまだだね。

「いいや、キミは強い。魔法だけなら僕よりもね」

あれだけの戦闘で、随分はっきり言い切るものだ。

リレイアの力を見抜くくらいの実力はあるみたいね。

「困りましたね……」

これは演技半分、本音半分だ。

こういった挑戦をいちいち受けていては、時間がいくらあってもたりない。

だが同時に、リレイアが狙っていた状態でもある。

「タダでとは言わない！　条件があるなら言ってくれ！」

待っていたのはこの言葉だ。

「そうですね……。では、校内を案内していただきましょう」

「そんなことでいいのか……？」

キーリはぽかんと口をあけた。

てっきり、金品やムチャな要求をされるとでも思ったのだろう。

「ええ。まだ学校に不慣れなものでして」

無欲で奥ゆかしい少女を演じるリレイアである。

「そ、そうか、そうだよな！　もちろんかまわない！　今日の放課後でどうだ？」

「ええ、お願いしますわ」

「おう！」

キーリはるんるんで少し離れた席に座ると、ちらちらリレイアに視線を送っている。

完全に恋する乙女の瞳だ。

学校の事情に詳しそうな人に案内させることこそ、私達の目的だとも知らずに。

一方のリレイアは、私に笑顔を向けつつ、机の下で小さくサムズアップ。

ちょっとキーリがかわいそうかもしれない……。


そして放課後。

私達はやたらと張り切るキーリに学校中を連れ回されていた。

「それで、ここが我が校の誇る学内闘技場だ。魔道士がいれば強力な結界を展開できる施設さ」

「試験で使ってくだされば、もっと凄《すご》い技もお見せできましたのに」

「はっはっは。本当にやりそうだから怖いね。結界の起動にはかなりの魔力が必要らしくてね。教員クラスでも十人は必要なのさ。おいそれと使えるものじゃない」

「その分強力なのですね」

「そういうことさ」

「さすが……王宮にもない施設ですわ」

「おや、王宮に行ったことが？」

「いえいえ、知り合いがそんなことをおっしゃっていましたの」

苦しい！　その言い訳は苦しいよリレイア！

誰が「王宮には結界の張れる闘技場はないんだ」なんて話をピンポイントでするのさ。

「友達がたくさんいるんだね」

しかし、リレイアに恋するキーリは、ただ感心するだけだった。

「う……そ、そうですわ……」

友達のいなかった彼女には、ざっくり刺さったみたいだけど。

「ところでキーリさん。ここの校長先生はどんな方なのかしら？」

リレイアがやや強引に話題を変えた。

「なぜそんなことが気になるんだ？」

「自分の通う学校ですもの。当然ではなくて？」

「それもそうか」

そうかなあ？

今まで生きてきて、そんなこと気にしたこともなかったけど。

キーリがリレイア全肯定モードに入ってる気がする。

もうべた惚《ぼ》れである。

それはそれで都合はいいんだけど。

「こんなに立派な学校の長《おさ》ですもの。さぞすごい方なのでしょうね」

「まあね。魔族討伐部隊の隊長をしていたこともあるらしい」

「まあすごい！　騎士の中でもトップクラスの実力者しかなれないというあの部隊ですわよね」

「そうさ。僕もいつかは入隊したいと思ってる」

「危険も大きいと聞きますわ」

「僕の故郷は魔族に滅ぼされていてね。奴《やつ》らに苦しめられてる人を少しでも助けたいんだ」

うーん、これは完全に主人公だ。

しかし、主人公っぷりでは、うちのリレイアだって負けてはいない。

「素晴らしいお心がけですわ。人の天敵たる魔族だけでなく、欲望にまみれた人どうしの争いに、人間を虐《しいた》げるだけの貴族達。もうたくさんですわ」

「へぇ……やはりただのお嬢さんではないようだ。こんな場所で堂々と貴族批判とは」

リレイアから漏れ出た気迫を感じ取ったのだろう。

先ほどまでの色ボケはどこへやら。

キーリはリレイアの瞳をじっと覗《のぞ》き込む。

「いやですわ、そんなに見つめられては……」

「おっと、これはすまないね」

両頬に手を当ててみせるリレイアに、おどけるキーリ。

傍《はた》からはカップル直前のイチャつきに見えなくもない。

「騎士見習いとは思えない不躾《ぶしつけ》さですね」

私はまだ二人の仲を認めたわけじゃないからね！

ちょっと邪魔させてもらうよ！

「んん？　あっはっは。これは失礼。それで、何の話だったかな？」

なんか、愉快そうにこっちを見られるのは腹立つなあ。

「校長先生がすごい方だというお話ですわ。ぜひ一度お会いしてみたいものです」

くすりと笑ったリレイアが会話を引き継ぐ。

「うーん、それは難しいかもしれないなあ。校長は長期出張中らしいんだよね」

「あら……そうなのですね。残念ですわ」

リレイアの目がきらりと光った。

私は昨晩、校長とゴリアスの会話を聞いている。

キーリの言うことが本当ならば、あの校長はニセモノ？

それとも出張が嘘《うそ》？

少なくとも、キーリが嘘をついているようには見えないけど……。

「貴男は校長に会ったことがあるのですか？」

「あるよ。僕が入学した時だから、一年半前くらいかな。入学試験が首席合格だったからね。少し話をさせてもらったんだ。優しく激励してくれてね。人格者だったよ。騎士として目標の一人さ」

「さすが校長先生ですわ。ぜひ私も会ってみたいですわね。機会はないものでしょうか」

「うーん……。最後に見かけたのは、その……学生達が事故で亡くなった時の葬儀だったからなあ。なんとかかけつけてくれたらしいんだけど」

「ちゃんと葬儀には来てくださるのですね。自分の学校の学生が亡くなってショックだったでしょう」

「さすがにあの時は校長も様子がおかしかったね」

「といいますと？」

「以前話した時よりちょっと冷たい感じというか……。あんな事件……あ、いや、事故があったんだから平常心じゃいられないのもしかたないな」

「校長先生もお辛《つら》かったことでしょう」

「そうだね……。なんだか暗い話になってしまったな。別の場所を見に行こうか」

キーリはどこか焦《あせ》るように話を打ち切った。


その日の夜。

リレイアは私の下でマッサージを受けながら、思考を巡らせていた。

「校長が黒幕で間違いないと思うんだけど、やっぱり動きが不可解なのよね」

目の前に広げられたのは私が調べてきた学校の帳簿の写しだ。

どうやってこんなものをと思うかもしれないが、そこはメイドなのでお手の物である。

「亡くなった学生の遺族に、随分大きな金額を支払っていますね」

「ええ。こんなに出したら、賄賂でもらったお金なんて飛んじゃうわ」

「ですよねえ」

口止めにしては大きすぎる額だ。

学生に直接支払えば、訴えようなんて気は吹き飛ぶであろう額である。

平民なら一生を数十回は繰り返せる。

もらえるものなら私も欲しい。

「うーん、これ以上は何も出ないでしょうし、校長を直接つっつきたいわね」

「でもそうそう現れないと思いますよ」

「昨日は声を聞いたんでしょ？」

「はい。でも、同じ方法は通じないでしょうし……」

「私達が怪しい動きをしたところで、手下がやってくるだけよね。これは勘だけど、そこそこ用心深い相手みたいだし」

「私もそう思います」

リレイアの勘はよく当たる。

「何度も接触はできないだろうから、チャンスは一度。そこで悪事を暴ききらないとこちらの負けね。少ない材料でどう追い詰めるか、腕の見せ所だわ」

リレイアは獰猛《どうもう》な顔でぺろりと舌なめずりをした。

まるでネコ科の肉食獣である。

リレイアはベッドにあぐらをかき、目の前に掌《てのひら》をかざした。

すると手の前の空中に、直径一メートルほどの紋章が投影された。

この国の紋章だ。

これこそが王家の証《あかし》である。

紋章は身分の証であると同時に、人の注目を集める魔法的な効果がある。

リレイアは集中したいとき、この紋章を見つめるのだ。

魔石《ませき》を消費しないあたり、普通の魔法ではないようなのだが、原理はよくわからない。

「校長……変化……利益……部下……葬儀……首席の彼……」

ブツブツ呟《つぶや》きながらぼうっと紋章を見つめる彼女に、私ができることは美味《おい》しいお茶を淹《い》れるくらいだ。

静かに部屋を出て、寮のキッチンを勝手に拝借する。

ポットとカップは寮に備え付けの使い古されたものだけど、茶葉だけはリレイアお気に入りのものである。

一月《ひとつき》ほど前に立ち寄った街で買い込んでおいたのだが、持ち運べる量には当然限りがあり、そろそろなくなりそうだ。

私はお茶の善《よ》し悪《あ》しなんてさっぱりだが、リレイアがほめるのだからよいものなんだろう。

私はお茶を持って部屋に戻り、ポットを机に置く。

保温用の布をかけたところで、リレイアがカッと目を見開いた。

紋章を消し、一言。

「整ったわ」

こちらに顔を向けニヤリと笑ってみせる。

昨晩話したサウナの話からの引用かな？

どうやら本当に言葉の響きが気に入ったようだ。

「何か良い作戦が？」

私はリレイアにお茶の入ったカップを手渡す。

「あら、いつの間に淹れてくれたの？」

思考に集中している時のリレイアは、私が部屋を出入りした程度では気付かない。

「美味しいわ」

ほっと息を吐くリレイアの表情が、私は好きだ。

笑顔のときも、真顔のときも、怒っているときも、彼女はいつもどこか張り詰めている。

こうしてお茶で一息つくときだけ、その緊張がわずかにほぐれるのだ。

「さて、ユキ」

「なんでしょう」

「貴女《あなた》、ちょっと死んでくれる？」

満面の笑みでこれである。

「え？」

ぽかんとアホ面を晒《さら》してしまった私を誰が責められよう。

「でもユキだけじゃあたりないわね。十人くらい巻き添えにお願いね」

「ええ！！？」

このお姫様、何言ってんの⁉

「大丈夫。証拠はないけど、校長が犯人だから。ガンガン詰めればいけるわ」

名探偵役には絶対なれないセリフを平気で言うなあ。

「それと私が死ぬことが全然結びつかないんですけど」

「貴女の故郷には、『騎士道とは死ぬことと見つけたり』って言葉があるんでしょ？　いけるいける」

「そんな『ちょっとがんばってみて』みたいなノリで言われましても⁉」

なんのかんの言っても、私は言うことを聞いてしまうのだろう。

それがメイドを愛する私の心意気だし、リレイアにはそうさせたいと思わせる実績とカリスマがあるからだ。

一回死んでから、危険に対する感覚がちょっと麻痺《まひ》ってるってのもあるけど。

◇◆◇

訓練学校の朝食は当番制で、全員そろって食べる。

これは新米騎士が部隊配属後に食事係をやらされるかららしい。

今のうちに慣れておこうということだ。

「うまっ⁉　なにこれ⁉」「カレー？　どこの国の食べ物だ？」「この辛さ、クセになる！」

私の作ったカレーは好評だった。

香辛料が安く手に入る地域だったのが幸いした。

日本風カレーのルーはさすがに手に入らなかったので、インド風カレーだ。

ナンかライスがほしいところだが、パンで我慢してもらう。

これでもメイド喫茶時代は店舗で唯一、手作り風レンチンカレーではなく、正真正銘手作りカレーを作れる唯一のスタッフだったのだ。

メニューには『ユキちゃん手作りカレー』なんて、名前まで入っていたものである。

他のスタッフからのやっかみはすごかったけど……。

「すごいなあユキさん。強くてこんなに美味しい料理も作れるなんて」

「でしょう?」

そういう女子生徒のセリフを聞いて、リレイアはちょっと得意げだ。

私はちょっとこそばゆくなりつつも、主《あるじ》が自分を自慢に思ってくれているというのは、メイド冥利《みょうり》につきるなと思うのだ。

「リレイアさんもお料理は得意なの?」

「もちろんですわ」

もう当番はまわってこないからと、サラリとウソをつくリレイアである。

そこで見栄《みえ》を張る必要あったかなあ?

一方私はというと、ゆっくり『覚悟を決めて』カレーを口に運んでいた。

もちろん、周囲に内心を悟られないよう、極めて平静を装《よそお》ってだけど。

はぁ……本当に大丈夫かなあ……。

その日の訓練はつつがなく進み、夜を迎えた。

私はベッドに横になり、枕元に腰掛けたリレイアの顔を見上げる。

「あとはお願いしますね」

「どーんとまかせといて」

リレイアはそっと私の手を握り、ニカッと笑みを見せた。

あぁ……ひどく眠い。

朝のカレーに入れた遅効性の毒が効いてきたのだ。

ライゼの知識で作った毒である。

即効性だと、朝食当番の私が真っ先に疑われてしまうので、効果は夜に出るよう調整した。

このまま眠ると、朝が来ても目覚めない。

鼓動がゆっくりになっていくのを感じる。

「おやすみ……なさいませ……」

私が目を閉じる瞬間、リレイアが一瞬、心配そうな顔をした。

主にそんな顔させるなんてメイド失格だけど、ちょっと嬉《うれ》しいと思ってしまう自分がいた。

転生前は、そんな顔をしてくれる人、いなか……った……か……ら……。

◇　◆　◇

目を覚ますと、花の匂いが鼻孔をくすぐった。
まだ少し痺《しび》れる体のまわりには花弁がしきつめられている。
周囲が見渡せないことから、ここは柩《ひつぎ》の中だろう。
フタは閉じられておらず、天井のステンドグラスが見える。
ということは、ここは教会か。
よかった……。
目を覚ますことができたらしい。
私がリレイアに言われて朝食に盛ったのは、一定時間仮死状態にするものだ。
こちらの世界の医学では、調べたところで生きているとは見抜けないだろう。
この体は毒に耐性があるので、他の人達より早く目が覚めた。
「そう！　つまり校長！　貴男《あなた》はこの学校を潰すつもりなのですわ！」
柩の外ではリレイアの声が朗々と響いている。
どうやら校長をおびき出すのに成功したらしい。

いくら手がないからって、寮の朝食に毒を盛るとか、ほんとどうかと思う。

実行犯は私だけど。

「何を言っているのだ。ワシほど学校のことを考えている者はおらんぞ」

様子を見たいところだが、今顔をだすわけにはいかない。

大騒ぎになってしまう。

「ならばなぜ、赤字経営に陥りそうなほど、お金をばらまいているのです？」

リレイアの一言に、教会内がざわついた。

柩から顔は出せないが、ステンドグラスの窓枠が金属でできており、室内の光景が映っているため、狭い視界ながらも状況を見ることができた。

教会に並べられた柩は十三。

毒を盛った人数と同じだ。

参列者は教員や学生達。

父母らしき者もいる。

リレイアと対峙《たいじ》している、初老で筋肉質な男が校長だろう。

「そんなことはしておらん。ワシはこの学校のことを……ひいては国のことを考えて、立派な騎士を育成できる環境を整えておる！」

「人気のあるゴリアス先生を脅して操り、裏から学校を支配することが？」

「なんのことだ」

「今から十年前、校長先生と出会う前のゴリアス先生は、あまりパワーのないタイプの騎士だったそうね」

　ゴリアスの顔が曇る。

「当時のゴリアス先生を知る人からすると、あまりにも急激に強くなったとか。まるで、常に強化魔法でもかけられているかのように」

「そんなものに耐えられる人間などおらん。それに、ゴリアス君の努力をそんな風に言うのは感心せんな」

「では校長先生、貴男ここ一年で随分性格が変わったようね」

「生きていれば人は変わる」

「趣味をかねて自ら行っていた学校の中庭の手入れを他人に任せるようになったり、学生を見ていたいといつも学校にいたのに出張を増やすようになったのも？　街の子供達と遊ぶこともなくなったそうね」

　このあたりの情報は私が昼間にこっそり集めておいたものだ。

　メイドは見た、といったところだろうか。

「忙しくなったのだ」

「そうかもしれませんわね。ではこれは？」

リレイアが取り出したのは、学校の帳簿の写しだ。

亡くなった学生の遺族への賠償金以外にも、異様に支出が多い。

後先を考えない使い方だ。

それも、私腹を肥やすのではなく、無駄に傭兵《ようへい》を雇って国境付近を調査させたりと、およそ学校とは思えない使い方である。

「この学校、経営破綻寸前ね。国がお金を出しているとはいえ、こんな使い方をしていては、今年の後半はやっていけないのではなくて？」

「どこで手に入れたか知らぬが、その帳簿は写しであろう？　そんなものはいくらでもねつ造できる」

「では本物を見せてくださる？」

「先程からなんなのだ！　一介の学生が偉そうに！」

ついに校長が怒鳴った。

まあ、彼が犯人であろうが、そうでなかろうが気持ちはわかる。

「リレイアさん！　学生の集団死亡の原因がわかると言ったので時間を与えましたが、これ以上は許可できませんよ！」

　別の教員がうろたえるのもさもありなん。

「まともな証拠もなしに、好き放題言いおって！　だいたい、平民が集めた証拠は無効だ。

知らんわけではあるまい！」

「あら、私が平民でなければよろしいんですね？」

「なに？」

「これを出す前に罪を認めればよかったものを……」

　そう言ったリレイアが手を高くかざすと、空中に王家の紋章が浮かび上がった。

「あ、あれは……王家の紋章⁉」

　声を上げたのはゴリアスだ。

「リレイアちゃんが王族⁉」「やっべ、オレ王族をデートに誘っちゃったよ」「王族なのになんか親しみやすい人だよな」「同じ名前だとは思ってたけど、まさか本物なんて……」

　学生達がざわつきだす。

「こちらは、エトスバイン王国第一王位継承者。リレイア姫だ！」

　柩から出た私がリレイアの半歩後ろに立ち、そう宣言した。

「え⁉　蘇《よみがえ》った⁉」

参列者達が驚く中、私はリレイアに跪《ひざまず》く。

他の参列者達も慌ててそれに倣《なら》った。

ただし、校長を除いては。

「こんなこともあろうかと、朝食に解毒《げどく》剤を入れておいたのです。じきに他の方々も目覚めると思いますわ」

得意げに言うリレイアだが、もちろん嘘《うそ》だ。

自作自演にもほどがある。

「よかった……」「あぁ姫様……」

犠牲になった学生の家族を中心に、感動の涙が流れる。

ううむ……ちょっと心が痛むよね。

「賄賂の事実を隠すため学生を殺し、教員を操り、さらに有能な学生達に毒を盛る！　全て貴男《あなた》が謀《たばか》ったことでしょう！　さあ！　白状なさい！」

「最後のは知らんぞ！」

校長の表情にやや戸惑いが見られる。

それはそうだろう。

本当に心当たりがないのだから。

「最後のは？　語るに落ちましたわね。うろたえているのが証拠みたいなものですわ！」

朝食に毒を盛った件は、完全に言いがかりである。

「悪事を行った目的、私が暴いてみせましょう！」

これで校長の悪事を暴けなければ、これまで稼いだリレイアの評判は急降下するだろう。

リレイアはペンダントにしていた大きめの魔石《ませき》を握り、呪文を唱え始めた。

ああっ！

あれは手持ちの中で、純度が高くサイズも大きいやつ！

当然お値段も高い！

リレイアが呪文を唱えつつ、スカートに隠していたナイフを私に投げた。

それを受け取った私は、打ち合わせ通り、校長に襲いかかる。

これで違ったら大事だけど……信じるからね、リレイア！

ナイフには強力な毒が塗ってある。

毒で紫に鈍く光るナイフを見た校長は、その年齢からは想像もできない機敏な動きで、私の攻撃を避けた。

速いっ！

だが逃がさない！

私はナイフを校長に向かって投擲《とうてき》。

それを追って突っ込む。

一瞬対処を迷った校長は、ナイフを手でたたき落としつつ、掌《てのひら》をこちらに向けた。

掌の前に氷の槍《やり》が出現する。

魔石も呪文もなしで！

この時点でリレイアの予想は当たっていたことになる。

私はさらに一歩踏み込み、校長の手首をつかみつつ肉薄する。

これでさっきの魔法を私に撃つことはできない。

さらに逆の手首に仕込んでいた小ぶりのナイフを袖から取り出し、校長の脇腹へと突き立てた。

こちらにも毒がたっぷり塗ってある。

葬式にもかかわらず、リレイアがメイド服のまま柩《ひつぎ》に入れてくれたおかげだ。

おそらく周囲を説得してくれたのだろう。

「校長！」

駆け寄ろうとするゴリアスを私は拾ったナイフでけん制する。

「見ていてください」

「なにを言っている！」

駆け寄ろうとしたのはゴリアスだけではない。

しかし、その全員が、校長を囲むようにして足を止めた。

「ぐ……くそ……っ！　やっかいな毒を……ぐぅ……ああああ！」

校長の体が内側からもりあがり、変質していく。

耳はエルフのように尖《とが》り、顔や体は青年のような若々しさを取り戻している。

身長は二メートルを超えるほどに大きくなっているが、バランスのとれた体型だ。

さらに瞳の色は赤くなり、背中には黒い翼、頭上には輝くリングが浮いている。

まるで現代でいうところの堕天使だ。

「ま、魔族……？」

誰かが呟《つぶや》いた。

そう、あのリングこそ魔族の証《あかし》。

その大きな魔力が溢《あふ》れて形をなしたものであり、同時に魔力の制御装置でもあるらしい。

「校長が……魔族……？」

ゴリアスがその場にどさりとへたりこんだ。

どうやらそこまでは知らなかったらしい。

「やれやれ。予定より早い退場となりそうだな。この代償は払ってもらうぞ」

声まで若くなっているが、魔族は長命らしいので実年齢はわからない。

その手に闇色に輝く剣を出現させた魔族が、私に襲いかかってくる。

私がその斬撃を下がって避けると、振り抜かれた闇色の剣は近くの石像をバターのように切り裂いた。

どんな切れ味⁉

剣やナイフで受けるなんてとんでもない。

そのまま刃《やいば》ごと体が真っ二つだ。

校長であった魔族は追撃の手を緩めない。

「させるか！」

そこに割り込んできたのはキーリだ。

魔族の一撃を、魔力を込めた剣で受ける。

「ほう！　やはりやるな！　下手《へた》な正義にかぶれてさえいなければ、私の部下として使ってやったものを！」

「なにを言うか！　騎士を志す者が魔族の軍門などに降るものか！」

キーリの斬撃をあざ笑うかのように魔族は受ける。

二人の攻防が高度すぎて、その場にいる誰も手を出せない。
キーリの腕は教員達を既に抜いていた。
だが、その彼をもってしても、魔族を仕留めることはできない。
「貴様はそうだろうが、この十年、私の配下になった者は多いぞ」
「戯《ざ》れ言を！」
魔族はキーリが一瞬力んだスキを見逃さなかった。
キーリの剣は半ばから斬り飛ばされた。
魔族が大きく剣を振りかぶる。
スキができるのを待っていたのは私も同じ！
私は魔族の腕に飛びつき、関節を極《き》めながら引き倒した。
こちらの世界にはない技術だ。
私がマンガで覚えたぼんやりした記憶を、ライゼの体で訓練したのだ。
そう何度も通じるとは思えないが、初見で見切れるものでもない。
神族の血が体内に流れると言われる魔族といえど、基本的な体の作りは人間に近い。
――ゴキッン！
私はそのまま魔族の腕を折った。

さらにナイフをその肘に突き立て、飛びしさる。

「きさまあああ！」

激昂《げきこう》した魔族がでたらめに拳大の光球をばらまいた。

その一つ一つが、壁や床に当たるたびに爆発を起こす。

このままでは教会が崩れる！

「みなさん逃げて！」

私の声で参列者達は、我先にと出入口へとダッシュ。

彼らの背中に迫った光球のいくつかを、私は小さな瓦礫《がれき》を拾って投げ、空中で爆発させた。

爆風で将棋倒しになってはいるが、大ケガをした人はいないようだ。

それにしても、魔族の魔力は圧倒的だ。

何より、詠唱も魔石もなしというのがズルい。経済的な意味でも！

だが、このタイミングでリレイアの魔法が完成した。

「彼の力《か》もて、捕縛せよ！　サーキュレーションバインド！」

彼女の手から伸びた光のラインが魔族に触れると、彼を縄でしばったように拘束、さらにその光はテントを張るロープのように大地へと複数つきささった。

相手の魔力を利用して、動きを封じる高等魔法だ。

強い魔力を持つ者により強く作用するという特性上、逆に魔力を持たない相手には効果が薄い。

かつて、魔族と大きな戦《いくさ》があった際に開発された魔法で、今は使い手も少ないらしい。

「ぐ……動けん……まさかこの魔法を使える者がいたとは……」

身動きできなくなった魔族の前に、リレイアが仁王立ちになる。

「さあ、これでおしまいですわ。キーリさん、決着は騎士である貴男の手で」

「はっ！」

キーリはリレイアに礼をすると、腰に差していた予備の剣を抜き、魔力をこめた。

柄にはめられた魔石が赤く輝き、その光が刀身を包む。

「や、やめろ！　そうだ、お前にゴリアス以上の力をくれてやる！　どうだ！　お前の素体なら、王国最強の騎士になれるぞ！」

「魔族と取り引きするつもりはない！」

キーリが剣を横に振ると、魔族の首がごとりと床に落ちた。

「いい気になるなよ人間が！　この王国はとっくに腐っている！　いずれ――」

首だけになってもまだしゃべる頭部を、リレイアの魔法が焼いた。

「知っていますわ、そんなこと……。誰よりもね……」

リレイアは悔しげで寂しげな複雑な表情で呟いた。

◇◆◇

教会での事件があった後、ゴリアスを始めとして、魔族に関わって甘い汁を吸っていた教員や学生はまとめて王都送りとなった。

そこで正式に裁かれるという。

目立つ者だけでも学校関係者の二割を超えていたらしい。

学校を中心に経済が成り立っていた街だけに大騒ぎになった。

一番の関心はこれから街はどうなってしまうのかということだ。

しかし、リレイアをバッシングする声は小さい。

もしリレイアがこなければ、街は魔族に支配されていたからだ。

そうなっていたら街は滅んでいたのだから、さすがに経済どころではない。

「いやあ、相手が魔族で良かったわ」とは、リレイアの談である。

その言い方もどうかと思うけども。

「リレイア姫、ありがとうございました。姫が訪れなければ、いずれこの街は滅んでいたでしょう」

別れの日、学校の中には全校生徒が集まっていた。

先頭で傅《かしず》くのはキーリだ。

「私は王族として当然のことをしただけですわ」

リレイアはすまし顔をしているが、内心うきうきだろう。

嬉《うれ》しいときに耳を触るクセが出ている。

「今の国に、そんなことを言う王族はいませんよ」

「あら、王族批判ですか？」

「め、めっそうもございません。ただ、リレイア姫を支持すると申し上げたかっただけで

……」

「ふふ……わかっていますよ。立派な騎士になって、この国のために尽くしてください

ね」

「はっ！　かならずや！　そして願わくば、直接リレイア姫に剣を捧《ささ》げられる日がくるよ

う、精進いたします！」

リレイアを羨望《せんぼう》の眼差《まなざ》しで見ているのはキーリだけではない。

学生達もそうだ。

「魔族を簡単に倒しちゃうなんてすごいです！」

そう言ってきたのは、なにかとリレイアに話しかけてきていた女子学生だ。

「トドメをさしたのはキーリさんですわ」

「リレイア様の魔法があったからだと、そのキーリさんが嬉しそうに言ってまわってましたよ」

「まあ……恥ずかしいですわ」

とても嬉しそうに照れてみせるリレイアである。

こうしてまた、私達は次の街へと向かう。

「なぜ魔族はあの街を狙ったのでしょう」

私の疑問にリレイアは面白くなさそうに口を歪《ゆが》めた。

「どうせ魔族達の『ゲーム』の一環でしょ。人間の国を切り取りあって遊んでるのよ」

「迷惑な話ですね」

「大抵の魔族は人間を舐《な》めてるし、だからこそ飽きっぽいから尻尾をだしてくれるけど……」

「そうじゃないヤツがいたら脅威ですね」

小さく頷《うなず》き、顔を曇らせたリレイアは、嫌な空気を振り払うように伸びをした。

「でもまあ、これでまた私の支持者が増えたわね。ふっふっふ」

「いいことをして気持ち良いですからね」

「私の話聞いてた⁉　これでまた、人心を掌握できたって言ったのよ」

「そうですね。良い女王様になるんですものね」

「う……それは……そうなんだけどね」

「なれますよ。リレイア様なら」

「貴女《あなた》、時々恥ずかしいことを真顔で言うわよね」

だって、ちょっと照れた顔が面白くてかわいいから。

そんなことは口が裂けても言えないけど。

怒られちゃうからね。

「な、なによ？」

リレイアはちょっと口を尖《とが》らせて私を見上げた。

「いいえ、なんでもありませんよ」

思わず笑みがこぼれてしまう。

やはり彼女は、私が憧れ続けたヒロイン達と同じ魂を持っている。
成すべきことのためには、絶対にあきらめないという強い意志を持った女の子。
そんな彼女がふとした拍子に見せる年相応の表情に惹《ひ》きつけられるのだ。

予告2

「はーいみんな！　ユキだよ！」

リ、リレイアです。
ちょっとユキ、だからみんなって誰？

（しっ……台本通りお願いしますよリレイア様。
あと、もうちょっと声はってください）

（ええ……？）　リレイアです！

騎士訓練学校の事件を無事に解決したリレイア様と私。
次の街はなんと温泉街！

おんせん？　やったあ

温泉と言えば殺人事件は起こるのか!?
はたして名探偵リレイアちゃんの出番は!?

わたしにまっかせなさーい

次回、『ニチアサ好きな転生メイド、悪を成敗する旅に出る』エピソード２『姫とメイドの温泉旅行』！

どっきりばっちり

主従パワーで大勝利！

…………

ねえ……なんの茶番なのこれ？

うーん、ちょっと棒読みですね

まさかのダメだし!?
あと名探偵とか殺人事件ってなに!?

雰囲気ですよ雰囲気。それにしても、
二話で温泉回とは、なかなかにつめこみますよね

やっぱり貴方の言ってることはよくわからないわ！

エピソード2　姫とメイドの温泉旅行

「へぇ……ここが温泉とやらで有名なグラスポートなのね」

街の入口に立ったリレイアは、そこら中の建物から湯気が出ている光景を見て瞳を煌《きら》めかせていた。

入江に面したこの街は、風景が良いことでも知られている。

湯船に浸《つ》かる習慣のないこの国において、温泉は珍しい施設だ。

それだけに、富裕層を中心としてちょっとした観光地になっているらしい。

「賑《にぎ》わってるわねー。こんなに流行《はや》るなら、各地に温泉街ができてもよさそうなものだけど」

「この国では温泉の湧く地域が限られているのと、活火山の近くになりがちだってことで、なかなか街を作るのが大変らしいですよ」

私はライゼの知識を使って、リレイアの疑問に答える。

さらに言うなら、金を出して風呂《ふろ》に入ろうなんていう富裕層は数が限られているのだから、ほいほい作っても食い合うだけだという事情もあるようだ。

この街みたいに、寂れた土地にたまたま温泉が湧いたなんて経緯があれば別なんだろうけど。

建物が石造りなこと以外は、日本の温泉街にとても近い雰囲気だ。

転生前、「自分にご褒美《ほうび》」と言って、温泉で一人同人誌執筆合宿をしたのも懐《なつ》かしい思い出である。

朝風呂のあとに、旅館の小さなテレビで見るニチアサがまた格別なんだよね。

「ねえユキ！　なにあの服！　布を巻いただけに見えるわ」

ハイテンションなリレイアが、道行く人と私の顔を交互に見る。

色使いや施された刺繍《ししゅう》こそこの国のものだが、形状は浴衣《ゆかた》に近い。

というか、帯が紐《ひも》のように細いこと以外は、ほぼ浴衣である。

さすがに足元は下駄などではなく、革製がほとんどだけど。

ちょっと日本を思い出してしまう。

懐かしく感じるけれど、帰りたいとは思えないあたり、悲しい人生だった……。

「私の故郷にあった浴衣という着物に近い形をしていますが、なぜみなさん着ているのかは……」

あたりを見回すと「グラスポート観光案内」と看板を掲げた小屋があった。

観光を売りにした街はいくつか見てきたが、このサービスは初めて見た。

文明レベルの低さや、隣国との緊張状態などから、観光一本に全力という街はそうそうない。

なんせ、移動手段が現代ほど発達していない上に人口密度も低い。

観光という産業自体が成り立ちにくいのだ。

「ごきげんよう」

リレイアは案内所の窓に向かって背伸びをしている。

「ちょっと、この窓高いわね」

おっちゃんが顔を出している窓が、リレイアの頭より少し高い位置にあるのだ。

「んん？　お嬢ちゃん、温泉に入りに来たのかい？」

おっちゃんが下を覗《のぞ》き込むと、そこへ馬車がやってきた。

「領主様御用達《ごようたし》の宿は空いているか？」

馬車の窓から執事らしき青年が、おっちゃんへと話しかける。

なるほど、窓の位置が高いのは、馬車を相手にするためか。

馬車にも乗れない貧乏人は、わざわざ温泉に入るためにこの街へやってはこないということだ。

「これはランタスク様！　もちろんございますとも。西にある銀熊邸《ぎんくまてい》などいかがでしょうか？」

「うむ、あの宿ならば御主人様も喜ばれるだろう」

「はい、ごゆっくりおすごしくだせい」

短いやり取りの後、馬車は走り去っていった。

「領主御用達ってなんですの？」

リレイアが窓口に顔を見せようと、ぴょんぴょん跳ねている。

か、かわいい……。

「魔道士とメイドの仮装……？　旅劇団か何かか？」

「ホンモノです！」

これは心外である。

私はリレイアと揃《そろ》っておっちゃんを睨《にら》みつけた。

「お、おう。それはそれで、わけのわからん組み合わせだな」

そこはまあ……反論し辛《づら》いよね。

「それはともかく。領主御用達とはなんですの？」

「ははーん、お嬢ちゃん達、この街は初めてだな？」

なぜかおっちゃんは嬉《うれ》しそうだ。

客が金持ちばかりで、こういったくだけたやり取りは久しぶりだからだろうか。

相手は美少女だしね。

「御用達ってのはな……お、ちょうどいいのが来たぜ」

おっちゃんが指差したのは、街の中から向かってきた馬車だった。

荷台にはたくさんの樽《たる》が積まれている。

武装した護衛までついているところを見ると、大事なものを運んでいるのだろう。

「あれが街一番の宿、銀熊邸からの『献湯《けんゆ》』馬車だな」

「もしかして、領主に温泉のお湯を届けているんですの？」

「そういうことさ。献湯を許されている宿は領主御用達の看板を掲げられる。そうすると、お貴族様達がこぞって利用してくれて儲《もう》かるって寸法さ」

なかなか上手《うま》い商売を考えるものである。

「ねえユキ、せっかくだから私もその宿に泊まりたいわ」

「お嬢ちゃんには難しいかもなあ。なんせ値段がね」

おっちゃんが教えてくれた一泊の金額は、私達二人の路銀三ヶ月分だった。

いくらなんでもそんな金額は出せない。

「ユキぃぃ……」

「涙目になっても無理なものは無理です」

少しこの美少女をいじってみたいところではあるが、私はおっちゃんに訊《たず》ねる。

「お祭しの通りあまりお金はないのですが、この街で一番安い宿はどこですか？」

「んんー、あんまりオススメはしないぜ」

おっちゃんは難しい顔をする。

「なぜです？」

「それはその……主《あるじ》が変わりモンでね」

なんだか歯切れが悪いなあ？

「それは面白そうですわね」

俄然《がぜん》興味を持つリレイアである。

「このお嬢ちゃんも変わってるなあ」

おっちゃんが目をぱちぱちさせるのに、私はただ静かに頷くのみだ。

「まあ、紹介してもいいが、あそこのサービスをこの街の普通と思って、悪い噂《うわさ》を流されちゃ困るぜ」

「もちろんですわ」

リレイアがニヤリと笑った。

この笑顔、絶対何かたくらんでいる。

おおかた、主の悪事を暴いてやろうとでも考えているのだろう。

悪人かどうかなんてまだわかんないからね？

その宿は、紅龍邸《こうりゅうてい》というらしい。

「宿に向かう前に、となりに寄ってきな」

そういうおっちゃんに従って、となりの石造りの建物に入る。

すると中には、たくさんの浴衣が吊《つ》ってあった。

店の看板には『浴衣貸します』とある。

この浴衣っぽい着物、コンコネキュラッサという名称なのだが、面倒なので浴衣と呼ぶことにする。

どうせ他の固有名詞も私が勝手に脳内翻訳したりしてるしね。

「あらあら、こりゃあべっぴんさんだ。ここは初めてかい？」

「そうですわ。ここで浴衣をお借りできるのね」

リレイアは楽しそうに店の中を見回している。

浴衣のレンタル代はピンキリで、刺繍にこっているものほどお高い傾向がある。

「浴衣を着ていると、街での宿代から酒代まで、全部半額になるからね。着ておいた方が絶対お得だよ」

「半額⁉」

思わず声をあげた私だったが、むしろ浴衣を着ないと倍額ということだろう。

街の雰囲気作りのためというのも大いにあるだろうが、浴衣のレンタル代が街への入場料にもなっているということか。

よくできたシステムだ。

浴衣に着替えた私とリレイアは、紹介してもらった紅龍邸へと向かう。

いくら前を閉じても、胸の谷間が強調されてしまう。

ナイスバディすぎるよライゼ……。

紅龍邸は想像していたよりも立派な造りだった。

石造りの外観を見るに、二十部屋以上はあるだろう。

この世界の宿にしては、かなり大型な方だ。

ただし、ここに来るまでに見た他の宿に比べると、貴族が好むような豪華さはない。

だが、掃除は丁寧にされているし、悪い宿ではなさそうに見える。

「ごめんください」

西部劇モノの酒場にあるような木の扉を押して中に入ると、酒場のようなカウンターの向こうで、初老の男性がパイプをふかしていた。

痩せてはいるが、こちらを見る鋭い眼光がまだボケてはいないことを示している。

雰囲気からしてここのご主人だろう。

これだけ大きな宿でご主人がひまそうに客を待っているというあたり、流行《はや》ってはいないようだ。

「予想通り賑《にぎ》わってはいないようね」

私の後ろからひょいと現れたリレイアがそんなことを言う。

はっきり言い過ぎぃ！

しかも、『予想通り』って、失礼にもほどがあるのでは⁉

他の宿が外からでもわかるほど賑わっていたのを見てきたので、気持ちはわかるけど。

「ひやかしなら帰んな」

ご主人が不機嫌にそう言い放つのもさもありなん。

「観光目的の旅人なら、わざわざこの宿に泊まる意味もないだろ。領主御用達の宿にでも行きな」

これはたしかにへんくつ！

「いいえ、ぜひこちらに泊めていただきたいですわ」

なぜこの状況で楽しそうなのか。

「安いと聞いたからか？」

「いいえ、良い宿だからですわ」

今度は褒め殺し？

「……なぜそう思う？」

「ご主人の手を見れば明らかですわ」

リレイアはご主人がパイプを握る手に視線を送った。

「加齢だけではなく、水仕事で荒れた手。それに筋肉の付き方。ご主人が働き者であることが伝わってきますわ」

「ふんっ、働かないならば食う資格はない。たとえ貴族でもな」

「私もそう思いますわ。貴族が現場で汗水たらす必要はないけれど、民のために良い街を作る義務はありますもの」

「へえ……言うじゃねえか」

ご主人はリレイアに興味を持ったようだ。

「ここは良い宿なのでしょう？　領主御用達《ごようたし》なんて名目がなくても」

「あったりめえだ！　あんなもの、領主が平民から搾取《さくしゅ》するためにやってるだけだ！　街の連中は領主に尻尾をふりおって！」

もともと不機嫌そうだったご主人の怒りが急に爆発した。

御用達制度には思うところがあるらしい。

触れちゃいけないところだったんじゃない？

大丈夫かなあ。

「ご主人は領主に屈しなかったのですね」

「おうよ！」

「腐った権力に抗《あらが》うその姿勢！　老舗旅館のご主人に相応《ふさわ》しいですわ！」

旅館に関係あるかなあ、それ。

「う、うむ」

ご主人がまんざらでもなさそうだからいいけど。

「私も旅人ながら、いろんな街で権力者には苦労させられました。今夜は美味《おい》しい料理でもいただきながら、ぜひそのあたりのお話などもしたいですわ」

「お嬢ちゃん……若いのにしっかりしてんな！　よーし、うちで一番いい部屋を用意するから、ぜひ泊まっていってくれ！」

ご主人は急に商売人モードになり、宿帳をカウンターに置いた。

ちょ、ちょろすぎ⁉

とはいえ、私ではここまでスムーズに話を進めることはできなかっただろう。

ご主人がどこに食いつくのか、ひと目で見抜いたリレイアがすごいのだ。

ライゼの記憶から推測するに、街の様子やご主人の人柄、宿の手入れのされ方などを直感で処理しているのだろう。

王族だからなのか、王宮での苦労があったからなのか、とにかく人を見る目には長《た》けている。

「楽しみですわ。今日はクラーケンの酢漬けと炭焼きですものね。昔、一度だけ頂いたことがあるのですが、美味《びみ》ですよね」

「ほう、若いのにアレの良さがわかるのか！　最近の若いのは、見た目が怖いなどと言って避けおるからな」

「嘆かわしいことですわ」

なんだか、すっかり意気投合している。

「それにしても、なぜメニューがわかったんだ？」

「クラーケンのスミを取り出した時の匂いがしますわ」

「これはしまった。お客さんに嗅がせるような匂いじゃないんだがな。いい鼻をしてるねえ」

私は匂いを嗅いでみるが、まったくわからない。

クラーケンってことはタコだよね？

ちょっと楽しみだよこれは。

「こいつは腕の振るいがありそうだ！　楽しみにしててくんな！　おーい女将《おかみ》！　お客さんだ！」

女将さんは初老と呼べるほどの年齢にもかかわらず、しっかりした足取りで私達を部屋へと案内してくれた。

さすがに和室ということはないが、キングサイズのベッドが置かれた立派な部屋だ。

日本で私が暮らしていたワンルームの三倍はある。

シーツは使い古されたあとはあるものの、きれいに洗濯されている。

洗濯機などないこの世界において、なかなかに手間のかかる仕事だ。

安宿などは、何日も取り替えられていないことなどざらである。

「さあ温泉に入ろう！　早く早く！」

女将さんがドアを閉めると、リレイアはぴょんぴょん飛び跳ねた。

完全に子供である。

いや、子供は温泉にここまで喜ばない気もするけど。


大浴場は貸し切りだった。

宿同様、設備は古いものの、手入れは行き届いている。

海の見える露天風呂《ろてんぶろ》も完備だ。

「こんなに良い宿なのに、なぜ人気がないのでしょう？」

私はリレイアの背中を流しながら呟《つぶや》いた。

「頑固そうなご主人だったから、そのあたりに原因がありそうよね」

「と言いますと？」

「まだわからないけど……貴族の経営する宿、領主御用達を頑《かたく》なに拒むあの態度、気になるわ」

「貴族なんですか？　あのご主人」

「『元』かもしれないけどね」

「なぜそうとわかるのです？」

「物腰から明らかじゃない」

「けっこう粗雑に見えましたが……」

「もう、ちゃんと観察してよね。ライゼなら……っと、これは言いっこなしね。それに、自分のことを『平民』と言ったでしょ？」

「あ……たしかに……」

当事者ならば、『オレ達』などと言いそうなものだ。

相手が貴族だと、リレイアの身分がバレるのではないかと、旅を始めた頃はひやひやしたものだ。

しかし、写真の技術が進んでいないこの世界では、リレイアの顔を見たことのある人などほとんどいない。

社交会などで出会っていたとしても、ばっちり化粧をし、着飾っているリレイアと、旅人姿のリレイアを結びつけるのは難しいようだ。

こんなところに姫様がいるなんて、想像もしないというのも大きいけれど。

やばそうなところでは、偽名を使ったりもするしね。

「これは事件の匂いがするわね……ふふふ……」

含み笑いで小さく震える肩にあわせて、やや控えめな胸がかわいくぷるぷる揺れる。

このキメの細やかさと柔らかさで、なんの肌ケアもしていないのだからすごい。

「匂いといえばリレイア様。クラーケンを調理する匂いなんてよくわかりましたね」

ライゼの体は鼻もいい。

それでも嗅ぎとれなかったのに。

「何言ってるの？　そんなのわかるはずないじゃない」

「へ？」

「ここに来る途中、クラーケンが討伐されたって話してる人がいたでしょ？」

「そういえばいましたね。……まさか、それだけでカマをかけたんですか？」

「スミの匂いが独特っていうのは知ってたから、それっぽい話だったでしょ？」

「さ、さすがですね」

同じ情報を持っていても、私ではあそこまでご主人と意気投合はできなかっただろう。

「当たればオッケー。ハズレてもフォローはちゃんと考えてあったからね。ほら、洗ってあげるからこっち向いて」

「リレイア様にそんなことさせられません」

こちとらメイドだよ？

「いいじゃない。せっかくの温泉なんだし」

リレイアは私の背後に回り込んだ。

背後から私の胸を鷲掴《わしづか》みにしてくる。

「ちょ、ちょっとリレイア様！　ひゃんっ！」

思わず変な声が出てしまった。

そういう趣味の人じゃないんだけど⁉

「いい胸ねえ。これならどんな殿方でもイチコロでしょ」

「リレイア様こそ、寄ってくる殿方には困らないかと——ひゃんっ！」

なんつーやらしい触り方をしてくるんだこの姫様は。

彼女にはそんなつもりなどないところがまたやっかいだ。

「私のは姫という立場に寄ってきてるだけだし」

意外に自分の魅力を過小評価するのよね。

優れた容姿をしていることは自覚しているらしいけど。

でも、彼女が他人に「見せたい」と思っている性格以上に、その根っこが人を惹《ひ》き付けることに気付いているのかいないのか。

とはいえ、立場にすり寄ってくる男性がとても多いことも事実。

区別するのは難しいよね。

現代でもお金持ちは、みんな金にすり寄ってきてるみたいな気がして、人間不信になりがちだとか言うし。

……一度でいいから、そんな悩みを抱えてみたいものだ。

ここで『私は違いますよ』なんて言うのは簡単だ。

でも、そんな言葉を信じられるような人生を彼女は送っていない。

少し胸が苦しくなるけれど、私はそれを知っているのだ。

「慕ってくれる国民がいればいいじゃないですか。それに、もし誰も信用できなければ、私がもらってあげますよ」

「立場が逆じゃない⁉」

「あら、男装がお好みですか？」

「そういうことじゃなくて」

「身長的には、私が男性役をする方がいいと思うんです」

「や、役……？」

おお、珍しくリレイアが戸惑っている。

ちょっと楽しくなってしまうね。

「ちょっと胸が邪魔ですけど、そういう需要もありますから」

「じゅ、需要？　ユキは時々よくわからないことを言うわね」

「まあ、私も女性どうしで結婚するつもりは今のところありませんので」

「このやりとりなんだったの⁉　おちょくってるでしょ！」

「いいえ、愛《め》でているだけです」

「そういうところだけライゼにそっくりね⁉」

ことリレイアを愛でることについては、ライゼと私の趣味は一致していた。

私の方が現代知識がある分、姫とメイドもの風に茶化すのは得意だけどね！

なんの自慢かわかんないけど。

夕食は酒場を兼ねた食堂でとることにした。

部屋に運んでくれるサービスもあるようだが、リレイアの希望で食堂となった。

ご主人から話を聞くためだろう。

「んんー！　おいしーですわ！」

リレイアはサイコロサイズに切られたクラーケンの酢漬けに舌鼓《したつづみ》を打っている。

しっかりゆでた後、軽く酢に漬けた感じだろうか。

「旅に疲れた体に染みますね」

「こっちの焼き魚も美味ですわ！」

海の近くだけあって、贅沢《ぜいたく》に塩を使っている。

身の内側まで塩味が効いていて、ごはんが進む味だ。

残念ながら米はないけど。

笑顔で料理を平らげていくリレイアを、女将さんもまた笑顔で見守っている。

ご主人も仏頂面《ぶっちょうづら》ながら、ちらちらとリレイアを気にしているあたり、嬉《うれ》しいのだろう。

「以前はかなり繁盛《はんじょう》していた老舗ですのね」

あらかた料理を平らげた後、リレイアは銀製のフォークをひょいと持ち上げた。

ところどころ欠けたりしているが、食器類も木ではなく陶器だ。

それも、適当に焼いたものではなく、形が整っており、柄も入っている。

庶民が手を出すようなものではない。

「まあな……」

ご主人は苦々しげに呟くと、パイプに火をつけた。

「よかったらお聞かせ願えますか？」

「客にするような話じゃねえよ」

すげなく断られたリレイアは女将《おかみ》さんに視線を送るも、困ったような笑みを返されるだけだった。

「これほど良い温泉と料理をあれだけの金額で頂いては申し訳ないので、少しでもお力になれればと思ったのですが……」

見ているこちらが申し訳なくなるほどのしょげた顔に、ご主人も僅かに困った顔を見せた。

半分演技なのだが、半分は本気なのだから始末に悪い。

美少女にこんな表情されたら、普通はコロッといくよね。

「いいんだ。客はただこの宿を楽しんでくれればいい」

ご主人もプロである。

多少へんくつなくらいで、ここまで閑古鳥が鳴く宿とは思えないんだよなあ。

「でも――」

リレイアも同じ感想だったらしく、食い下がろうとした瞬間。

――どがぁんっ！

突然の爆発音が宿を揺らした。

「なんですの!?」

声を上げると同時にリレイアは走り出した。

私もすぐそれに続く。

ああもう！　焼き魚の最後の一口が！

なにがあったか知らないけど、戻ってくるころには冷めちゃうよう。


爆発があったのは大浴場だった。

岩でできた浴槽の半分が吹っ飛び、お湯が溢《あふ》れ出ている。

塩の香りにのって流れるのは火薬の臭い。

この国において、火薬は高級品である。

騎士団の一部に配備されるのがせいぜいで、工事に使われることすらない。

この事実だけで、普通の相手ではないとわかる。

「な、なんてことですの……。これでは晩ごはんの後にお風呂《ふろ》に入れませんわ！」

リレイアは拳を握りしめ、ワナワナ震えている。

おお……これは怒ってるぞー。

「いやあ、びっくりしたなあ」

『外側から』吹き飛ばされたついたての残骸を踏み越えて来たのは、いかにもといった風《ふう》体《てい》のゴロッキ三人組だった。

「浜を散歩してたら、とつぜん爆発だもんよう」

ゴロツキたちはこばかにしたような口調でそう言いながら、あたりを見回している。

ものすっごく白々しい。

「またお前たちか……。客が来るたびにこんなことを……」

遅れてやってきたご主人が、ゴロツキたちを見て顔をしかめた。

また？

この連中がよく来るの？

リアルな爆発をおこすのは、採石場の撮影現場くらいにしなさいよね。

「なるほどね……」

一歩前にでたリレイアがギロリとゴロツキを睨《にら》んだ。

「ああん？　なんだでめえ？」

「おおかた、誰かに頼まれてこの宿の営業妨害をしにきたってところでしょ」

「なーに言ってんだ。オレはたまたま通りかかっただけだぜ」

ニヤケ顔がムカつくなあ。

「こないだは料理にネズミがのってたみたいだし、今度は爆発たあ大変だなあ」

大根役者もいいところだが、挑発としての効果はバツグンだ。

「あんなでけえネズミが皿に乗ったまま、客に出すわけねえだろ！　汚《きたね》えマネしやがって！」

ご主人は額に青筋を立ててブチ切れている。

血圧が心配だよ。

「誰の命令でなんのためにやっているんですの？」

ゴロツキの言い訳に付き合うつもりのないリレイアは、彼らをキツイ目で睨みつけながら、質問をなげつける。

「ああ？　なんのことかわからねえが、とっとと宿を畳んじまえば、こんな事故もおきなくなるだろうぜ」

「この宿は畳まんと言っている！」

ご主人はニヤつくゴロツキたちを怒鳴りつけた。

「くっ……」

するとご主人は胸を押さえ、一瞬苦しそうな顔をした。

「ほらほら、無理は体によくねーぜ」

すがすがしいまでのクズっぷりである。

「はぁ……はぁ……」

肩で息をするご主人の背中に当てたリレイアの手がぼんやり光る。

微弱な回復魔法だ。

「ここは私に任せてくださいな」

息の整ったご主人にそう言うと、リレイアはゴロツキ達にゴミを見るような視線を向けた。

「もう一度聞きますわ。誰の命令？」

穏やかな口調、声音も優しい。

しかし、その一声には全身の毛が逆立つほどの迫力があった。

「あ、あんたいったい……」

ご主人ですらたじろぐ中、ゴロツキ達は額に冷や汗を浮かべている。

「う、うるせえ！　誰の命令でもないやい！」

ないやいて。

子供のような口調になったゴロツキ達は、全力で逃げていった。

ギャグ回の敵役だってもうちょっとねばるよ？

「あ！　待ちなさい！」

「リレイア様、私が」

追いかけそうになったリレイアを手で制した私は、静かに彼らの後をつける。

砂浜を走ると浴衣《ゆかた》から太ももが見えてしまうが、月も雲に隠れているし、少し先を走るゴロツキ以外に人気《ひとけ》もないのでかまわないだろう。

せっかく砂浜を走るなら、真夏の太陽を浴びながら水着回といきたいところだ。リレイアが海辺でキャッキャウフフと遊ぶ姿……ちょっと想像できないけど、今度誘ってみよう。是非見たい。すごく見たい。

近年はカレンダーのイラストだけじゃなく、本編でも海回があるしね。いけるよきっと！　うん！

しばらく走ると、ゴロツキ達は立ち止まり、砂浜にへたりこんだ。

私は姿を見られないよう、岩陰に隠れる。

「はぁはぁ……なんだあのガキ」

「すげー迫力でしたね、オヤビン」

「おっかあに怒られた時より怖かったよぅ」

「思わず逃げちまったが、このままじゃ帰れねえな」

「ええ？　またあの宿に行くんです？」

「あのガキがいなくなってからにしましょうよぅ」

「バカやろう。客がいるときじゃねえと、嫌がらせの効果が薄いって銀熊邸のだんなに言われたろ」

「でもよぅ……」

「ここで逃げたら火薬代も払わされるぞ。そしたら明日から飯抜きだ」

「飯抜きはイヤだぜオヤビン！」

「だったら、いったんアジトに武器を取りに行くぞ」

「わかったよぅ……」

嫌がらせをしているのは銀熊邸か……。

その情報はリレイアに伝えるとして、とりあえずこのゴロツキをシメとかないとね。

私は彼らの背後からそっと近づく。

「お、お前はさっきあのガキと一緒にいた――うっ⁉」

みなまで言わせず、私はゴロツキ達の首筋に手刀を落とし、彼らを昏倒《こんとう》させた。

浜に埋めてやろうかと思ったが、死なれては寝覚めがわるいので、その辺の岩陰に転がしておく。

ついでにライゼ秘伝のクスリを飲ませる。

これでまる一日は目が覚めないはずだ。

紅龍邸に戻ると、爆発音を聞きつけてやってきた野次馬達が、ちょうど解散を始めているところだった。

壊されたついたてや湯船は、リレイアが魔法で岩の壁を出すことで応急処置をしたらしい。

せっかくだからということで、私とリレイアは、再び露天風呂《ろてんぶろ》に入っている。

「ふーん……なるほどね……」

ゴロツキ達の会話をリレイアに伝えると、彼女はお湯の中に顔を半分沈ませた。

ぶくぶくと泡を立てながら思考を続けている。

「でもこれだけ良い宿なら、領主御用達《ごようたし》とやらになってもおかしくないと思うんですけどね」

私はぽつりと呟《つぶや》いた。

思考に集中しているリレイアに聞こえているかはわからないけど。

ご主人が接客サービスに向いていないということ以外、日本の温泉と比べても遜色ない。

もっとも、リレイアがいなければ、あのご主人はもっとめんどくさい人だったのかもしれないけど。

「きっとそれだわ……」

湯船から顔を出したリレイアは私を見て、にやりと笑った。

あ……嫌な予感。

「明日は銀熊邸に泊まるわよ！」

ざばっと湯船から上がったリレイアは、両手を腰に当ててそう宣言したのだった。

あんなに高いところに泊まったら、また無一文になっちゃうよ？

◇◆◇

キングサイズのベッドで並んで横になると、リレイアの顔が近くにある。

整った顔に同性の私でも少しドキドキしてしまう。

「何かわかったことはある？」

私はリレイアに言われて、ご主人のことをいくつか調べてきた。

「ご主人がもと貴族というのは間違いなさそうですね」

「うんうん」

リレイアは予想通りという顔だ。

「お家《いえ》騒動か何かで家督を奪われ、この街にやってきたようなのです。ちょうど経営の危うかった紅龍邸を買い取って、立て直したみたいですね」

「それにしては、老舗のご主人感は出てたわね」

「もともと身内に厳しく、平民に優しい、貴族にしては珍しいタイプだったみたいです。それだけにかなり苦労していたとか」

「なるほどね……。そりゃあ家庭内でもめたかもね……」

貴族とはそういうものだと言いたげだ。

「ありがと。参考になったわ」

「はい」

この情報をどう使うのかはリレイアに任せよう。

「それで、今夜はどんな話をしてくれるの？」

この時だけは、年相応の少女のような表情になる彼女である。

「そうですね……」

私は今日食べたクラーケンの酢漬けを思い出していた。

「故郷の料理の一つ、お刺身について話しましょうか」

「ユキの郷土料理は随分と色々あるのね。これまでたくさん聞いたのに、まだネタがつきないの？」

　こちらの世界に比べると、料理の種類は豊富だろう。

　特に日本は、世界中の料理が食べられるしね。

「刺身というのは、魚やクラーケンを切って生で食べる料理です」

「クラーケンを生で……？」

　リレイアは『正気なの？』みたいな目でこちらを見てくる。

「醤油《しょうゆ》やワサビといった調味料を使うのですが、とても美味《おい》しいんですよ」

「でも……結局生で食べるだけなのでしょう？」

「新鮮なお魚だととても美味しいんですよ。処理の仕方に技術があるらしいです。くさみなんかもそれでだいぶ違うとか」

「新鮮じゃないお魚なんて、そもそも食べられないんじゃ……」

　たしかに、こちらの保存技術からするとそうか。

　塩にがっつり漬けたり、一部の金持ちは魔道士を使って凍り漬けで運んだりするらしいけど。

「あちらの世界だと高級品だったんですけどね」

「不思議だわ……。生の魚を美味しくする特別な技術でもあるのかしら」

「調味料はポイントかもしれませんね。醤油やワサビはこちらだと手に入らないでしょうし」

醤油の作り方は、小学校の社会科見学で工場に行った時に教えてもらったくらいだ。

とてもじゃないが、自分では作れない。

考えてみれば、なにもつけずにそのまま生魚を食べても、あまり美味しくないかもしれない。

超高級な魚なんかだと違うのかもしれないが、私はそんなもの食べたことはない。

「ちょっと信じられないけど、もしそのショウユやワサビというのが手に入ったら試してみたいわね」

「ふふ……きっとびっくりしますよ」

子供は刺身を苦手とする場合も多いけど、というのは心の中だけで付け加えておいた。

口に出すと怒られちゃうからね。

◇　◆　◇

紅龍邸をチェックアウトした私達は、銀熊邸へと向かった。

「いらっしゃいませ」

銀の扉の前には、なんとドアマンが立っていた。

この国では、珍しいサービスだ。

「お部屋は空いているかしら？」

しかし、王宮で慣れているリレイアは、その高級そうな佇《たたず》まいに臆することはない。

ドアマンも少女の堂々とした振る舞いに少し面食らったようだが、自分の仕事を思い出したらしい。

「銀熊邸は高級宿でございます。お手持ちはございますでしょうか」

旅の魔道士とメイド……ではなく、今は浴衣姿なのだが、女性が二人だけでやってくれば、そう問われるのも仕方のないことだろう。

「心配には及びませんわ」

リレイアが半歩後ろに控えていた私にちらりと視線を送ってきた。

私は荷物から革袋を取り出すと、その中をドアマンに見せる。

ここに来る途中、持ち物を売って手に入れてきたお金だ。

「失礼いたしました。ようこそ、銀熊邸へ」

革袋の中を見たドアマンは私達を中へと招く。

「おや、お早いお着きですね。他の宿からのはしごですか？」

そう言って寄ってきたのは、三十代にさしかかったかどうかという男性だった。

しっかりした身なりと、周囲の視線から察するに、この宿のご主人だろう。

最寄りの街を朝に出たとしても、到着は昼過ぎになるはずだ。

たしかにそう考えるのも無理はない。

「昨晩は紅龍邸でしたわ」

「ちっ……それはそれは。旅の疲れはとれましたか？」

ものっすごい小者っぽい舌打ちされた！

しかも、一瞬だが露骨に顔をしかめていた。

これは……怒り？　憎悪《ぞうお》？

わからないけれど、あまり良い感情でないことは確かだ。

「ええ、とても良い宿でしたわ」

リレイアはそんなご主人の反応など気にしないそぶりで、まるで挑発するかのように言う。

「おや、爆発があったと聞いていますが」

「あらあらそうなのですね。お料理が美味しすぎて気付きませんでしたわ」

「へ、へえ……それはそれは」

ご主人は少したじろぎながらも、どこか面白くなさそうだ。

もう怪しさ満載である。

「こちらの宿も期待していますわ」

「もちろんです。申し遅れました。ここの主人をしております、リッカルと申します。この街一番の宿をごゆっくりお楽しみください」

リッカルはややひきつった笑顔のまま、カウンターの向こうへと消えていった。

部屋の準備ができていないということで、私とリレイアは浴衣《ゆかた》で街に繰り出した。

「ふふふ……怪しい、怪しいわ」

リレイアはずっとこんな感じである。

最初は紅龍邸を疑っていたリレイアだが、ターゲットを銀熊邸に切り替えたらしい。

「あっ！　ねえユキ、温泉まんじゅうが売ってるわ！　温泉まんじゅう！」

かと思えば、急に露店に向かって駆け出していく。

こういうところだけ見ると、年相応の子供なんだけどなあ。

「お金はもうありませんからね。もろもろ解決したら食べましょう」

「ええー？　今食べたい！」

訂正。

実年齢より子供じゃなかろうか。

とはいえ、私も温泉まんじゅうはとっても気になる。

香辛料に比べて、砂糖が貴重品であるこの国では、中にあんこがたっぷりなどということはないだろう。

かなり売れている名物みたいだし、とっても気になる。

それにしてもこの温泉街、和風なところがぽつぽつ目立つ。

過去に私のように転生してきた人が作ったんだろうか。

それとも、人間は同じような発想に行き着くのかな。

「問題はどうやって銀熊邸の悪事を暴《あば》くかよね。もぐもぐ」

銀熊邸が悪だというのは、やっぱり確定なのね。

……もぐもぐ？

街の景色からふとリレイアに視線を移すと、彼女は温泉まんじゅうを頬張っているところだった。

「いつのまに⁉」

「ユキの分もあるわよ」

「ありがとうございます。……じゃなくて！　どこからお金を出したんですか」

「ユキと違って胸の中に隠したりはしてないわ」

「知ってますよ」

いくらリレイアより大きな胸を持っているといっても、私だってそんなことはしない。

「失礼ね！」

「ご自分で言ったのでは⁉」

「店主に『あそこの巨乳が、貴男《あなた》に興味があるみたい』って言ったらくれたわ」

「その巨乳って誰のことですかね⁉」

「ユキに決まってるじゃない」

だよね！　このやろー！

「そんな当たり前でしょみたいな顔をされましても⁉」

そっと露店のおっちゃんの方を見ると、なぞの決め顔でウィンクなぞ飛ばしてくる。

たしかに愛嬌《あいきょう》はあるけど、どう見ても十以上歳《とし》が離れてるのはさすがに守備範囲外だ。

「彼の作る温泉まんじゅうに興味はあったでしょう？」

「ええ……まあ……」

「じゃあ間違ってないじゃない」

ほとんど詐欺では……。

私は愛想笑《あいそわら》いをしながら、おっちゃんからそっと視線を外した。

あの店の前は二度と通らないようにしよう……。


リレイアの半歩後ろについて街を見て回るのは、なかなかに楽しいものだった。

旅の思い出話など、たわいない会話をしながら歩いているうち、あたりはすっかり暗くなっていた。

だけど、露店と街灯でライトアップされた街はとても綺麗《きれい》だ。

王都以外でこれほど明るい夜を見たことがない。

そもそも、街灯なんてものが整備されている街自体が珍しいのだけれど。

街灯に火をつけてまわるおじさんを見上げながら、こういうところで魔法が使えればいいのにと思ってしまう。

毎日、持続時間の長い灯《あか》りを街中につけてまわれるような魔道士を一つの街が抱えておくなんて、人材面でも費用面でも現実的ではないけれど。魔石《ませき》も使うしね。

街の灯りに目を細めていると、ふと見覚えのあるゴロツキが視界に入った。

昨日の連中……かな？

いかんせん、この手のゴロツキって似たような顔と格好をしてるからなあ。

「昨晩、紅龍邸を襲った連中ね」

リレイアが言うのだからそうなのだろう。

クスリを盛っておいたのだが、目覚めるのが想定より少し早い。

見た目通りタフな奴《やつ》らである。

「つけるわよ」

リレイアはぺろりと舌なめずりをすると、尾行を開始した。

にぎやかな街といっても、東京と比べれば過疎地のようなものだ。

土地にも余裕があるので、普通に歩いていれば肩があたるようなこともない。

金持ちばかりが集まる街なので、ある意味当然か。

尾行をするのに適した環境とは言いにくいが、ゴロツキ達は周囲に目を配る余裕はなさそうだ。

これなら見つかる心配もないだろう。

旅を始めた頃に比べると、リレイアも尾行が上手《うま》くなったしね。

お姫様が覚える技術じゃないとは思うけど……。
ゴロツキ達が向かったのは、銀熊邸だった。
背後からではその表情は見えないが、かなり慌てているようだ。
ドアマンに止められるのもかまわず、宿へと入っていく。
そんなことをすれば――
「ここには来るなと言っただろう！」
ご主人のリッカルに見つかったところで、激しく叱責されていた。
リッカルにしても、周囲に他の客がいなかったからこその行動だろうが。
ゴロツキ達はリッカルに奥の部屋へと連れていかれた。
私とリレイアは互いに目で合図をする。
なんとか盗み聞きをしたいところだ。
宿の構造は把握済み。
彼らが消えていったドアの向こうは、従業員用の通路といくつかの部屋がある。
普通にドアの前で聞き耳を立てていては、誰かに見つかってしまう。
いつもの分担でいこう。

ドアマンに軽く挨拶をした私達は、リッカル達が消えたドアに近づき、向こう側に人の気配がないことを確認する。

よし……今だ。

私はそっとドアを開け、中へ体をすべりこませる。

リレイアもそれに続いたのを確認すると、音もなくドアを閉める。

廊下の左右にドアが二つずつ。

そのうち一つが、リッカルの部屋だ。

寝泊まりではなく、事務仕事用である。

リッカル達がいるのはそこだろう。

それ以外の三部屋は物置だ。

問題は廊下の向こう側である。

L字に曲がった廊下の先は、従業員の控え室、そしてキッチンへと続いている。

そちらから物置に誰かが来てしまうとアウトだ。

私はリッカルの部屋の前に立ち、そっとドアに背中をつける。

一方のリレイアは、ドアに施錠《せじょう》魔法をかけた後、廊下の先のL字部分で待機だ。

あちらはリレイアに任せ、ドアの向こう側に意識を集中する。

ライゼの聴力をもってすれば、かなり聞き取れるはず。

『丸一日、なにをしていた？　仲介人に首尾を報告する契約だっただろ』

リッカルのイラついた声が聞こえる。

大声ではないものの、ドスが利《き》いている。

『そ、それが、気絶させられてまして……』

しどろもどろになっているのは、ゴロツキのリーダーらしき男だ。

よしよし、ばっちり聞こえる。

私の盗み聞きも板についてきた。

メイドだからね。

しょうがないね。

『街で一番強いというから使ってやってるんだが？』

『す、すいやせん。女だと思って油断しやして……』

『ほう……油断？　つまり、気を抜いた仕事をしたと？』

うわぁ……すっごいパワハラっぷり。

この世界なら普通ではあるんだろうけど。

『い、いえ……向こうの雇った用心棒が、オレ達を一発で気絶させるほどの腕だったんですよ』

『あの女達がか？　そうは見えなかったけどな』

見る目ないねえご主人。

あと、用心棒じゃないけどね。

『え……？　お知り合いで？』

『ウチに客として来た』

『は？　なんで？』

『知るか！　オヤジの嫌がらせだろ。最初はこちらの宿に逃げてきたのかとも思ったが、違うようだな』

オヤジ……？

もしかして、紅龍邸のご主人と親子なの？

言われてみれば、面影があるかも。

あのご主人が息子に嫌がらせかあ……。

めんどくさそうな人ではあったけど、そういうことするイメージはわかない。

子供から見ると印象が違うというのはよくある話ではある。

『とりあえず、客がいなくなったならいい。報酬は払ってやる』

嫌がらせをしてるのはどっちさ！

自分の親の宿を潰そうっていうの？

『へい！　ありがとうございやす！』

『次はわかってるな？』

『献湯《けんゆ》の邪魔ですね。ターゲットは？』

『明日出発予定の大亀荘《おおがめそう》を狙え。領主の覚えがめでたくてな。目障《めざわ》りだ』

どうやらターゲットは自分の親だけではないらしい。

湯を運ぶ馬車に護衛がついていたのは、もしかしてこいつらのせい？

街で馬車を見た時、ずいぶん過剰な護衛だとは思ったけど。

『へい。またたのみやすぜ』

部屋の中では、値段の交渉が行われている。

その時、通路の向こう側から、人の来る気配がした。

私はリレイアに目で合図。

小さく頷《うなず》いたリレイアは、数歩下がって勢いをつけると、廊下の角から現れた若い女性にタックルをかました。

「きゃっ!?」

女性は抱えていた三十枚ほどのお盆をぶちまけつつ、尻もちをついた。

慌てたフリをした私は、彼女に駆け寄る。

「申しわけありません。目を離したスキにこの子が宿の探検にでてしまったみたいで……」

平謝りしながら、お盆を一瞬で拾い、女性に手渡す。

「気をつけてくださいよ」

高級宿であっても、客に対して露骨に不機嫌になるあたりは文化の違いだろう。

「リアちゃんも謝って」

「ごめんなさい……」

しゅんとしてみせるリレイアちゃんかわいい。

ちなみに『リア』とはたまに使う偽名である。

写真がまだないこの世界において、王族の顔を知るものは少ないが、今回のように作戦中は念の為《ため》というやつだ。

『何事だ⁉』

部屋の中からリッカルの怒鳴り声とともに、ドアノブをガチャガチャ回す音が聞こえる。

リレイアの施錠魔法でドアが開かないのだ。

従業員の女性は、怒られる前にさっさと退散していく。

私達も姿を見られる前に逃げよう。


部屋に戻った私達は一息ついた。

「また子供扱いして……」

ちょっと不機嫌なリレイアである。

「素晴らしい演技でしたよ」

事前の相談なしで合わせてくれたのはさすがだ。

「え？　そう？　やっぱり？」

ちょ、ちょろ……。

「いま、ちょろいって思った？」

「めっそうもございません」

時々、心を読まれているんじゃないかと思うくらい鋭いんだよなあ。

「それで、情報は手に入ったの？」

私はドアの前で聞いた話をリレイアに話した。

「ふーん、なるほどね。ちょっと考え事をするわ」

唇をペロリと濡《ぬ》らしたリレイアはベッドにあぐらをかくと、目の前に王家の紋章を投影した。

「献湯……親子……領主御用達《ごようたし》……嫌がらせ……」

この時のリレイアは神々《こうごう》しささえある。

お茶を淹《い》れておきたいところだけど、さすがにこの宿のキッチンは借りられないので、大人しく待つことにする。

…………。

……………。

そうして待つことしばし。

「整ったわ」

そのフレーズ、ずっと使うんだ？

キメゼリフ……にはちょっとダサい気もするけど、また一つヒロインっぽくなったんじゃない？

ニヤリと笑ったリレイアは、私に作戦を説明するのだった。

「今日はどんなお話をしていただけるのです？」

少し首をかたむければ顔が触れあう距離で、私とリレイアはベッドに入っている。

今日のお話はリレイアの番だ。

「そうねえ……じゃあ、今までに押しつけられそうになった、変わった賄賂の話でもしましょうか」

なにそれ面白そう。

「この国の貴族って賄賂大好きですよね。贈るのも貰《もら》うのも」

「そりゃそうよ」

リレイアは何を今更という顔をする。

「貰う方は嬉《うれ》しいし、贈る方も便宜をはかってもらえる。男性が女性にプレゼントを贈るのと同じ感覚なのでしょうね」

普通の男女の場合は、純粋に相手に喜んでもらいたい場合もあると思うけど……。

そんなプレゼントもらったことないからわかんないや。

「むしろ、賄賂を貰わずに貴族の世界で上手《うま》くやっていくのは難しいわ。関係を遮断するということに近いから。ユキの故郷では違うの？」

「そういえば、同じかもしれませんね」

政治家なんかがよく逮捕されてるし。

「それでそれで、変わった賄賂ってどんなのですか？」

「そうねえ……八歳の時にもらった、金の像はすごかったわね。これくらいのサイズなんだけど」

リレイアが両手で示したのは、高さ三十センチくらいだった。

「純金だとするとすごいお値段しそうですね」

「値段もそうなんだけど、像のモデルが送り主のでっぷりしたおじさん貴族だったのよね」

「うへぇ……それは……」

「『コレを部屋に飾っていただければ、私のことを忘れないでしょう』とか言ってたわね」

「き、気持ち悪いですね……」

「王族になんとしても顔を覚えてもらおうと思っての暴走なんだろうけどねぇ」

「確かに覚えるかもしれませんが、心証最悪ですね」

「ちょっと考えればわかるはずなんだけどねぇ」

さすがのリレイアも苦笑いだ。

「他にはどんなものがあったんです？」

彼女が口にしたのは、どん引きするものから思わず吹きだしてしまうものまで様々だった。

　個人的に印象に残ったのは、「惚《ほ》れ薬」「純銀製ギロチン」「純金製溲瓶《しびん》」あたりだろうか。

　貴族ってみんな頭おかしいんかな？

「そういえば、リレイア様は賄賂を受け取らないんですよね」

　これはライゼの記憶によるものだ。

　どれだけ探っても、リレイアが賄賂を断っているシーンしか出てこない。

「そうね」

「なぜなのです？」

「借りを作りたくないからよ。私は余計な借りを作らずにこの国を良くしたい。できるだけしがらみはなくし、私の裁量でね」

「でもそれは……」

「そう。今の社交界では関係を拒否することにも繋《つな》がるわ」

「苦しい道ですね」

「でも、そうしなければ、私の理想は実現できない。ユキは、私が賄賂を受け取った方がいいと思う？」

「私にそれを決める権利はございませんよ」

「貴女《あなた》の気持ちを聞いているのだけど？」

「突き放すように聞こえるかもしれませんが……どちらでもいいと思います」

「なぜ？」

ここで理由を聞いてくるのがリレイアらしい。

「そういうことに関しては、リレイア様の判断を信じているからです」

「信じてもらっても、間違うかもしれないわよ？」

「たとえ間違っていたとしても、そこからのリカバリーをお手伝いするのがメイドの役目ですよ」

おお……我ながらカッコイイセリフである。

これこそメイドだよね！

失敗や間違いを許し合い、バネにすることの大切さは、ヒーローやヒロイン達にしっかり教えて貰ったからね。

そのおかげでメイド喫茶じゃ、ちょっとは頼られる存在だったんだよ。

「そっか」

「そうです」

リレイアは頭まですっぽり布団《ふとん》をかぶってしまった。

布団の中で小さな頭を私の肩にコツンと当ててくる。

どういった感情なのか、細かいことは私にはわからない。

でも、喜んでくれたことだけは確かなようだ。

◇◆◇

翌朝、私達は早々に銀熊邸をチェックアウトした。

高い宿だけあってサービスはバッチリだった。

『紅龍邸と比べてどうだ？』としきりに聞かれたので、対抗意識で過剰なサービスをしてくれたのかもしれない。

正直、かなり鬱陶しかったので、それがなければ甲乙つけがたかったんだけどね。

そして、向かうは大亀荘だ。

といっても、宿泊するわけではない。

そんなお金も、もうないしね。

私達は朝もやの残る道端にならんで座り、干し肉をかじる。

お金がね……もうないんよ。

宿の朝食は別料金なのである。

「ひまねー」

「そうですね」

献湯《けんゆ》の馬車が出てくるのを待っているのだ。

スマホもないこんな世界じゃ、暇を潰すのも一苦労である。

「何か面白い話をして」

「無茶振りがすぎるのでは？」

「今夜の前借りよ」

「どうせ夜は夜でねだるでしょう？」

「そんなことないわ」

「じゃあ夜はリレイア様の番ということで」

「う……それはどうかしら……」

「ほらやっぱり」

「不敬じゃなくて？」

「こんなときだけ王族ぶられましても」

「普段から王族のつもりですけど⁉」

「冗談ですよ。旅の魔道士を装《よそお》っていても、王の器がいつも見え隠れしていますよ」

「え？　そ、そう……？」

やっぱりちょろい。

そんなくだらないやりとりをしていると、大亀荘の裏口から湯を積んだ馬車が現れた。

護衛は武装した傭兵《ようへい》が五人。

そこそこ腕は立ちそうだが、あくまでその辺のモンスターを狩る程度ならというところだろう。

本来なら十分な戦力ではあるはずだ。

私とリレイアはその一行から少し距離をあけ、後をつける。

街の入口までやってくると、そこにはあのゴロツキ三人組が待ち構えていた。

私達は物陰に身を隠し、彼らが馬車をつけていくのを見送った。

少し待ってから、彼らに悟られないよう、距離を開けて尾行再開だ。

進行方向に向かって前から順に、馬車、ゴロツキ、私達の順である。

領主の住む街へは、温泉街を出てからすぐ森へと入る必要がある。

開けた街道では尾行などすぐばれてしまうので都合がいい。

ただしこれは、馬車を襲う側にとっても同じことだ。

私とリレイアはできるだけ木の陰に身を隠しながら、馬車とゴロツキを追った。

森に入ってから二時間ほど経《た》っただろうか。

「へいへーい。そこ行くお兄さん。持ち物全部おいてきな」

馬車の前に三人のゴロツキが飛びだした。

そこに、街からついてきていたゴロツキ達も合流する。

挟み撃ちだ。

後ろの三人はいつの間にか覆面をしているが、街で顔がわれているためだろう。

「くっ……噂《うわさ》の盗賊か。積み荷は湯だ！　奪っても金にならんぞ！　旅費以外の金品もない！」

御者の若い男が怯《おび》えながらも声を上げた。

「そんなことは関係ねーんだよなあ。ケガしたくなかったら、馬車をおいて街に帰んな」

「くっ……なんでだ。本当に金目のものなんてないのに……。傭兵のみなさん！　お願いします！」

御者の合図の前から、傭兵たちは構えていた。

傭兵といっても、腕に覚えのある男達がちょっと武装した程度のものだ。

中には騎士崩れが傭兵になる場合もあるが、戦で招集された際に訓練を受けていれば良い方というのが、この国の傭兵稼業である。

「しょうがねえなあ、痛い目みてもらうぜ！」

襲いかかるゴロツキと良い勝負を繰り広げている。

「どうします？」

私は木の陰でリレイアを見た。

「うーん、マズイわね」

「傭兵達、けっこうケガしてますね」

中には腕を折られた者もいる。

「もうちょっとやられてくれないとなあ」

いや、作戦は聞いてるけどね？

セリフがエグいんだわ。

リレイアは小さく呪文を唱え、手を地面につけた。

それと同時に、傭兵の足元に小さな凹《へこ》みができ、彼らのうち二人が足をとられた。

そこまでする⁉

好機と見たゴロツキ達が、一気に攻め込む。

「今よ！」

リレイアは私の手を取り、道へと飛び出した。

「何をしているの！　野蛮な行いは許しませんわ！」

どの口が言うかな⁉

結果的には止めるんだからいいんだけどさ。

リレイアの放った氷の槍《やり》が、ゴロツキ達の足もとに突き刺さった。

氷の槍を起点に、地面が凍結していく。

それに捕まったゴロツキと傭兵達の下半身が氷に閉ざされる。

「「攻撃魔法⁉」」

何人かが驚きの声を上げた。

ちょっと火をつける程度の魔法ならまだしも、攻撃魔法を使える者と偶然出会う確率はそう高くない。

「なんだよこれ！」

ゴロツキが一人だけ広がる冷気から逃れた。

私はそのゴロツキとの距離を瞬時につめ、首筋に手刀を落とした。

「ま、またかよ……」

どうやら浜辺で気絶させたうちの一人だったらしい。

「助かったよ！　せっかく雇った傭兵達が頼りなくて……」

馬車から降りた御者がかけよってきた。

「偶然通りかかってよかったですわ」

髪などかきあげつつ、しれっと言うリレイアである。

「この道を通ったということは、領主様の街へ？」

「はい。行く当てのない旅ですから、あんなにも素晴らしい温泉街を治める領主様の街も見ておきたいと思いまして」

「それはちょうどよかった。もしよかったら、この馬車の護衛をお願いできませんか？　見たところ、そちらのメイドも腕が立つようだ」

戦うメイドには『さん』をつけろと言いたいところだが、文化が違うのだからしょうがない。

「お役に立てるかはわかりませんが、かまいませんわ」

「ただ、悪いが報酬は街に戻ってきてからでいいか？　手持ちがなくてさ」

「私達も領主様の街に行ったあとは、またグラスポートに戻ってくるつもりなのです。往復分、馬車にタダで乗せていただけるならそれでけっこうですわ」

「そんなのお安いごようさ。美人が二人も同乗してくれるなんて、旅が楽しくなるからね」

馬車の周囲を歩かされていた傭兵達が不満な顔をしているが、氷漬けにされている手前、文句は言えないでいる。

「彼らはどうしましょう？」

リレイアは慈悲のこもった瞳で、氷漬けになった男達を見た。

わざとやったとは思えない表情だ。

「役立たずと犯罪者はそのままにしておくさ」

「それはあんまりでは……」

「お嬢さんは強い上に優しいんだねえ」

すっかりリレイアにメロメロな御者である。

「しょうがない。このゴロツキどもを逮捕してもらわないといけないし……」

御者は荷台につんでいた鳥かごからハトを取り出した。

足に手紙をくくりつけ、空へと放すと、ハトは街の方へと戻っていった。

「本当は緊急用なんだけどね。これは緊急事態と言えなくもないし」

なかなかよくできたシステムである。

「そうだ。氷漬けにしたとはいえ、この後全員逃げられては敵《かな》いませんし、一人だけ馬車に乗せていくわけにはいきませんか？　領主様に引き渡せば、褒美《ほうび》ももらえるかもしれませんわ」

「なるほど、それもそうだ。さすが魔法を使えるだけあって頭もいいね」

リレイアの申し出に、御者は二つ返事で頷《うなず》いたのだった。

◇◆◇

そこからの旅は順調だった。

川で捕った魚も美味《おい》しかったしね。

日が暮れる前には目的の街へと着くことができた。

領主が住むだけあって、それなりの規模だ。

露店の様子を見る限り、ある程度お金をもっていれば、衣食住に困ることはないほどには経済的に発展している。

小さな村などは、季節ごとに訪れる行商人以外は自給自足がメインという文明度だ。

それを考えると、良い街と呼んでいいだろう。

「それじゃあオレは領主様に湯を届けないといけないからここで待っててくれるか？」

「あら、私達も領主様に用がありますの」

「そうなのか？」

さすがに御者は疑わしげな目を向けてくる。

「ここだけの話、私ちょっとした貴族でして。温泉はついでで、こちらの領主様に会うのが本当の目的なのです。内緒ですよ」

リレイアに耳元で囁《ささや》かれ、御者は頬を染めたが、すぐにその顔が青くなる。

「き、貴族様⁉　だから魔法が使えて……」

平伏しようとする彼をリレイアが制止する。

「内緒だと言いましたわ」

「は、はい……」

完全に籠絡《ろうらく》され済み系男子である。

そのお子様よりナイスバディがこっちにいるんだけどなあ？

などと、余計な対抗心がちょっとだけ出てしまう。

全然好みのタイプじゃないんだけどね？

領主の館の門をくぐると、領主自らが出迎えに現れた。

既にバスローブ姿である。

「大亀荘の使いだな。ご苦労だった」

いい年したおっさんがこのウキウキ顔である。

そんなに温泉が好きなら、グラスポートに住めばよいと思うのだが、国から与えられたこの館をおいそれと離れるわけにはいかないのだろう。

「はっ。ありがとうございます」

御者は領主から報酬の入った革袋を受け取ると、深々と礼をした。

「して、そこに縛られている男はなんだ？」

領主は荷台に転がされている男を指さした。

言うまでもなく、ロープでぐるぐる巻きにされた上に、さるぐつわをかまされたゴロツキである。

「献湯《けんゆ》の馬車を襲った不届き者ですわ」

御者の前に出てそう言ったのはリレイアだ。

「なに？　そんなことをして何の得がある」

「ご存じないのですね」

「何をだ？」

リレイアの不遜とも言える口調に、領主はやや不機嫌になる。

「グラスポートでは『領主御用達《ごようたし》』の看板を掲げるため、汚い行為が横行しているのですわ」

「なんだと？」

「他の宿に嫌がらせをしたり、献湯の馬車を襲わせたりですわね」

「そんなことが……」

「ほんとですわよね？」

リレイアはゴロツキのさるぐつわをはずした。

「し、知らねえ！」

「ここでしゃべって、グラスポートだけで仕事ができなくなるのと、しゃべらずに永遠に仕事ができなくなるの、どちらがよいかしら？」

リレイアに指示されるまでもなく、私はスカートの下から取り出したナイフを、ゴロツキの首筋に突きつけた。

「わ、わかったよ！　頼まれたんだ！　馬車を襲うように！」

「誰に？」

「そ、それはさすがに言えねえ……」

「まずは耳でいいかしら？」

私はリレイアのセリフに合わせて、ナイフをゴロツキの耳元にやさしく当てた。

「かわいい顔して怖《こえ》ガキだな！　でも言えねえよ！　それこそおまんま食い上げだ！」

「まあいいわ。銀熊邸の主人に頼まれたそうです」

「あ！　汚《きたね》え！　知ってたんじゃねえか！　あ――」

ゴロツキがあわてて口をつぐんだ時にはもう遅い。

私は再びゴロツキにさるぐつわをかませた。

「まさかあの主人が……」

領主は眉をひそめ、苦い顔をしている。

「似たようなことを他の宿もしていることでしょう」

これは憶測……というか、話を大きく見せるための嘘《うそ》である。

「そんなに街の様子はおかしいか」

「はい。なんせ、私達が泊まっていた宿が爆破されましたし」

「なんだと⁉」

これは本当だ。

しょっちゅうそんなことがおきていると誤解を誘ってはいるけれど。

「このままでは街の治安が悪化し、お客として来てくれる貴族の足も遠のくでしょう」

「ぐ……それは困る」

それは困るだろう。

浴衣《ゆかた》のレンタル代が税収になっていることは調査済みである。

「さらに、領主が湯を楽しむための法で、街が荒れているとあれば、国王からなんと言われるでしょう」

「貴様……私を脅すのか」

「滅相もございません。あれほどの温泉街は長く残って欲しいですもの。領主様には良い政治をしていただきたいと思っていますわ」

「う、うむ……」

この領主、悪い人ではなさそうなのだが、いまいち能力は低そうである。

すっかりリレイアのペースだ。

もっとも、彼女のペースに巻き込まれない人なんて、そうそういないのだけど。

「私に良い考えがございます。少々ご協力いただければ、街を荒らす不届き者を退治できましょう」

「なんと。聞かせてみよ」

リレイアは領主に作戦を耳打ちした。

私には教えてくれないらしい。

「だって、ユキを驚かせたいもの」とは彼女の言《げん》だ。

心臓に悪いから、事前に聞いておきたいんだよなあ。

◇◆◇

「旅費と宿代までくれるなんて、なかなか太っ腹な領主じゃない。馬車代は丸儲《もう》けだしね」

領主と会った翌日、グラスポートに戻ったリレイアはホクホク顔だ。

銀熊邸の宿泊費で大赤字ってことわかってるかな？

大亀荘の御者に礼を言って別れると、私達はふん縛ったゴロツキをひっぱって、銀熊邸の暖簾《のれん》をくぐった。

「さあて、腕がなるわ」

ぺろりと舌なめずりをするリレイアである。

「いらっしゃいま――そちらの方は？」

ご主人のリッカルは、ゴロツキを見ると一瞬顔を引きつらせたが、すぐに笑顔に戻った。おしい！

これで大した反応もなしか、純粋に驚くだけだったならば、なかなかの役者と褒めるところだ。

「あら、お知り合いではなくて？」

リレイアが挑発するように言う。

「知りませんね」

リッカルは冷たい目でゴロツキを見下ろすと、あっさりとぼけた。

「でも、この方は貴男《あなた》に頼まれて、他の宿の献湯を邪魔したと白状されましたわ」

「んー！　んー！」

ゴロツキは必死に首を横に振るが、さるぐつわをかまされているので、言葉にはならない。

「なんの話をしているんです？」

なおもリッカルはとぼける。

「紅龍邸への度重なる襲撃についても、貴男に頼まれたと白状しましたわ」

「んー⁉　んんんんー‼」

もちろん白状などしていない。

リレイアのハッタリである。

まあ、事実だしいいだろう。

「なるほど。キミが私を侮辱するために、わざわざ足を運んでくれたことはよくわかった。そもそも、もしそこのゴロツキが何か言ったとして、それが事実だと誰が証明するんです？」

そう。ここは現代ではない。

明確な物証があっても、貴族なら簡単にもみ消せる。

平民の証言ともなればなおさらだ。

「それはもちろん私が」

「はぁ……？」

リッカルはリレイアを小馬鹿にしたような目で見下ろす。

ちょっとイラッとくるけど、今は我慢だ。

あとで吠《ほ》え面《づら》かくといいわ。

「私では不服かしら？」

リレイアは余裕の笑みだ。

「これでもオレは貴族の出でね。ここに一泊するのがやっとという程度の身分じゃなんとでもできる」

お金がないの見抜かれてた！

まあ……そりゃそうか……。

レンタルした浴衣も安いやつだしね。

今考えれば、着ている浴衣の値段が身分を表していたのだろう。

「貴男が貴族なのは知っていますわ。立ち居振る舞いからあきらかですもの」

「へえ……？　ということは、キミも平民の小金持ちではなく、貴族だね？」

リッカルは貴族らしい振る舞いをしていたわけではない。

それでもわかるというのは、貴族だけが受けてきた教育の成果なのだろう。

「ご明察ですわ」

「ならば知っているだろう？　貴族は位が全てだ」

「そうですわね」

「ならばお引き取り願おう。これ以上は時間の無駄だ」

宿の客達が何事かと集まってきた。

リッカルの顔に僅かに焦《あせ》りが浮かぶ。

宿の評判に関わるからだろう。

「それは、自分のしたことを認めたということでよろしいのですね？」

「なぜそうなる⁉」

「貴男は今、『自分がやったがもみ消せる』と言いましたわ」

「そうは言っていないだろう！」

「私にはそう聞こえましたわ」

「お前にどう聞こえようと知ったことか！　出ていってくれ！　営業妨害だ！」

「営業妨害はどちらかしら？　貴男が領主様お抱えの軍から火薬を融通してもらったことは調べがついてますわ。火薬は貴重な物資。それが紅龍邸の『事故』に使われたのはご存じですわね？」

「な……そんなこと調べられるはずがない！」

「領主様に教えてもらいましたの」

「バカバカしい。火薬の取引量は機密性が高い情報だ！　そうそう教えたりするものか」

「本当にそう思いますの？」

「当たり前だ。これ以上侮辱するなら、駐在兵を呼ぶぞ！」

駐在兵とは国から派遣されている軍人で、現代で言う警察のような役割を担《にな》っている。

基本は貴族のためにしか動かないため、これとは別に平民が自警団を組織するのが普通みたいだけど。

「侮辱するつもりはございませんわ。ただ事実を述べているだけですの」

しれっと嘘をつくよねえ。

挑発する気まんまんのくせに。

「領主様だって、コレを見せたら快く火薬の取引について教えてくださいましたわ」

「ああん?」

リレイアが掲げた掌《てのひら》から王家の紋章を投影すると、リッカルの顔色がみるみる変化していった。

「あ……あ……バカな……それは……」

「こちらは、エトスバイン王国第一王位継承者。リレイア姫だ!」

私がそう宣言すると、野次馬を含めたその場にいる全員が膝をつき、頭《こうべ》を垂れた。

ただ一人、リッカルだけは膝をガクガク震わせ、その場に立ち尽くしている。

そりゃあそうだろう。

王族にあれだけのことを言ってしまえば、普通ならどうなるか、貴族の位を振りかざしていた彼が一番よく知っているはずだ。

「ここで私を亡《な》き者にすれば、なんとでもなるなんて考えていますか？」

リレイアがにやっと笑ってみせる。

うわぁ……挑発するなあ。

「いいえ！　滅相もない！」

そんなことは考えもしなかったのだろう。

しかし、選択肢は与えられてしまった。

リッカルの顔に、一瞬だけ迷いが生じた。

ここで彼にリレイアを襲わせ、より決定的な場面として彼を逮捕するというのが彼女の作戦だ。

ちょっと悪い気もするけど、リレイアの泊まった宿に手を出したのが運の尽きである。

何より、このまま放置しておくと、街の治安が悪化しかねない。

リッカルが覚悟を決めた表情をしたその時――

「やめておけ」

乱入したのは紅龍邸のご主人だった。

「父上……」

リッカルは迷惑そうに顔をしかめる。

「まさかお姫様だったとは……。息子の非礼はお詫《わ》びします。だが、このバカをハメるのはご勘弁願いたい」

小さくため息をつくご主人に対し、リレイアはひょいと肩をすくめてみせた。

まさかこの展開まで想定内ってこと？

こういう時のリレイアは、十五歳とは……いや、どんな大人よりも賢く見える。

「非礼はどうでもいいですわ」

よくないけどね？

王族ってバラしたあとはだめだよ？

ここは教育係を自認するメイドとして、後で言っておかなきゃ。

「ですが、街を……国を乱すことに繋《つな》がる悪事は見過ごせませんわね」

「王族とは思えない発言ですな」

「よく言われますわ」

「面白いお姫様だ……。だが、息子に罪を重ねさせるのだけは看過できませんな」

「何のことかはわかりませんが、リッカルさんが大人しく罪を認めてくだされればそれでいいですわ」

「寛大なご処置、感謝いたします。いいな、リッカル」

ご主人がリッカルを鋭い目で睨《にら》んだ。

リッカルは一瞬ビクンと肩をふるわせたが、やがてカウンターにあったベルを鳴らした。

すると、奥からゴロツキ達が現れた。

馬車を襲った時に見た顔もいる。

捕まっただろうと思ったが、リッカルが庇《かば》ったのだろう。

ゴロツキ達がここにいる理由はわからない。

護衛として雇われたか、たまたま打ち合わせをしていたのか。

リッカルを除いて五対二。

はっきり言って勝負にならない。

「屋内じゃあ自慢の魔法も使えないだろう？」

リッカルの声はやや震えているが、それでも覚悟は決めたらしい。

私達の口を塞ぐという覚悟をだ。

こっちから挑発しておいてなんだけど、悪役の行動パターンだよねえ。

「魔法なんて必要ありませんわ。ユキ！」

「はい」

私はスカートの中から小ぶりのナイフを五本取り出し、ゴロツキ達に投擲《とうてき》した。

まだ戦闘態勢になっていなかった彼らは避けることもできず、四本は太ももに突き刺さった。

「ぐあっ⁉」「なんだ⁉」「いてえようっ！」「いぎゃぁ⁉　いてえ！　いてえよお！」

四人のゴロツキが大げさに転がる中、たった一人、私のナイフを避けた男がスラリと剣を抜いた。

「オレは他の四人とは違――」

男が何かを言おうとしたその時には、既に私は彼の懐《ふところ》に入っていた。

まずはブレストプレートの隙間から、みぞおちに肘を一撃。

「うぐぁっ⁉」

呻《うめ》いて下がった顎の先を掌底でかすめる。

それだけで、男は白目を剝《む》いて倒れ伏した。

「余計な罪状が増えただけでしたわね」

リレイアは涼しい顔で床に転がる男達から、リッカルへ視線を移した。

「く、くそ……」

ゆっくりリッカルに歩いていくリレイア。

私はそんな彼女の斜め前で、リッカルが何をしても飛び出せるように警戒しつつ、ゴロツキ達にも注意を払う。

「姫様！　後生です！　どうか息子の命だけは！」

紅龍邸のご主人がリレイアとリッカルの間に割り込む。

片膝をつき、下げた頭は小刻みに震えている。

そりゃそうだ。

自分の首が飛んでもおかしくない行為である。

「今更父親ぶったって……」

リッカルはそんな父の背中を睨んでいる。

「一つ質問に答えれば、私を襲ったことは不問にして差し上げてもよくってよ」

「本当ですか⁉」

顔を上げたご主人に、リレイアは首を横に振る。

「答えるのは貴男《あなた》ですわ」

視線の先にいるのはリッカルだ。

「それでご慈悲を頂けるのであれば……」

今やリッカルも怯《おび》えた表情で片膝をついている。

「なぜ紅龍邸を襲ったのです？」

「それは……『御用達《ごようたし》』を他の宿に奪われたくなかったからです」

「私は貴男のお父様の宿を襲った理由を聞いているのです。質問の意味、わかりますわよね？」

リレイアの厳しい視線を受け、リッカルは口を閉ざしてしまった。

「貴男の口から言えないのであれば、私が言いましょうか？」

「お見通しなのですね……」

強気な笑みで挑発するリレイアに、リッカルは小さく息を吐いた。

「父に勝ちたかったんです……」

「なんだと？」

紅龍邸のご主人が眉をひそめた。

「父上はたしかに立派な貴族でしたよ。私の兄にはめられて家督を譲るときも、愚痴一つこぼさず見事な引き際《ぎわ》でした」

息子の告白を父は黙って聞いている。

「隠居せずに温泉宿を始めると聞いたときには驚きましたが、そこで成功したことにも流石《さすが》だと感心しました……。だけど私は自由に生きたかった！」

その一言に、父ははっとして息子の顔を見つめた。

彼には何か目標があったのだろうか。

貴族の次男は執事や騎士になることも多い。

例えば、騎士になって国のために戦いたいとか？

「商売人になんかなりたくなかった！　次男が家督を継げないのはわかっていたけど、もっと楽して遊んで暮らしたかった！　美女をはべらせて！　働かずに！」

ダメダメな理由だった！

「父上が私への財産分与を銀熊邸などにしなければ！　宿の売却は二十年間禁止などという条件をつけなければ！　私は財産を食いつぶしながらもっとぐうたらできたのに！」

こ、これは……すがすがしいまでのクズっぷりだ。

「しかも！　宿の経営方法にまで口を出してくる始末だ！」

そりゃあ、この息子に任せていたら潰れるだろうしなあ。

「そこで私は考えた！　父上の宿が潰れれば、私に大きなことは言えなくなるってね！」

こりゃアカン。

というかお父さん、しっかり息子のことを考えてくれているじゃん。

お金だけ渡していれば、今頃全部使い果たして路頭に迷ってたに違いない。

子育てには失敗したみたいだけど。

「私の人生で最大の失敗は子育てだ」

紅龍邸のご主人は、眉間にしわを寄せ、こめかみに手をあてた。

まあ、これだけ失敗すれば、多少の親バカでも自覚はあるよねえ。

「そうだ！　もっと自由にさせてくれてもよかった！」

だめだこりゃ。

この人にはつけるクスリがなさすぎる。

「ということですわ、領主さん」

リレイアが入口を見ると、そこから領主が現れた。

私達と一緒に、この街へとやって来ていたのだ。

「りょ、領主様！」

慌てたのはリッカルである。

今までのやりとりを領主に見られていたとあれば、もう罪を逃れることなどできない。

「約束通り、私を襲ったことだけは不問にして差し上げますわ。あとはお願いしてよろしいですわね？」

「はっ。かしこまりました」

領主はリレイアにうやうやしく礼をすると、リッカルに向き直った。

多くの場合、領主は裁判権のようなものを持つ。

そういった単語があるわけではないのだが、要するに自分より下の位の貴族や平民を裁くことができるのだ。

頭《こうべ》を垂れたリッカルは、黙って裁きを待つ。

「銀熊邸の主人、リッカルよ」

「はっ……」

「私怨《しえん》により父の経営する紅龍邸の営業を武力で妨害。さらに、自身の宿を御用達とするため、他の宿の献湯《けんゆ》も同様に妨害したこと相違ないな」

「はっ……」

リッカルは顔を上げられずにいる。

そりゃそうだろう。

刑罰の内容は領主に任されている。

今回のような件だと、心象が悪ければ極刑、軽くても財産没収の上に数年は牢屋《ろうや》送りである。

「財産は全て没収。今後、温泉宿の経営に関わることを禁じる」

「はっ……」

「さらに、向こう五年間、紅龍邸で働くことを命ずる」

「はっ……」

表情こそ見えないが、リッカルの全身が絶望に染まっている。

彼からすれば辛《つら》い条件だろう。

一文なしで放り出されるよりは、よほど優しい判決だと思うけどね。

そこを感謝するような頭は、彼にはないだろう。

「ただし、五年後、紅龍邸の主人の評価によっては、没収した一部財産を返してやろう。以上だ」

へえ……この世界の貴族にしては、随分と罪人に寄り添った内容だ。

希望を残すと同時に、リッカルが早まって父を殺すようなことにならないよう、予防線も張ったのだ。

これを自分で考えたのなら、いい領主になるかもね。

私なら、毎日朝と夜に一時間ずつニチアサを見るように言うけどね。そのまま一年もてば、少しは心が入れ替わってるんじゃないかな。

「あ、ありがとうございます……」

一方のリッカルは、その意図をくみ取れているのかいないのか、喜びとも絶望ともとれる複雑な表情だ。

◇◆◇

その日の夜、私とリレイアは領主のお金で紅龍邸に宿泊した。

他人のお金で温泉！

すばらしいね！

「いかがでしたか、姫様」

テーブルを挟んで向かいに座る領主は、今晩のメインディッシュのなんだかわからない魚のムニエルっぽいものを口に運びながら、リレイアの顔を窺《うかが》う。

あ、これ美味《おい》しい。

「よい裁きでしたわ」

「ありがとうございます。姫様のおかげです」

すまし顔で褒めるリレイアに、領主がデレているのには理由がある。

「いやあ、それにしても助かりましたよ。あのままでは、火薬を横流しした罪に問われかねませんでしたから。温泉を掘るのに、火薬じゃないとどうしても崩せない岩盤があると聞いていたのに……」

「もう少し自分の管理する者達のことを把握しておくべきでしたわね」

「しかしそんな細かいことまでは……いえ……」

リレイアに睨《にら》まれた領主は、しゅんとなる。

「火薬のことを言っているのではありませんわ。その件は、私の作戦に協力する条件で不問としましたでしょう。『御用達』の権利を巡る街の腐敗のことを言っているのですわ」

「はっ……」

「他にも似たようなことをしている者がいないか、しっかり調べておくことですわ」

「『御用達』制度を禁止にしなくてよいと？」

「街の活性化に繋《つな》がっていることは事実のようですしね。それに、忙しい貴男《あなた》にも、楽しみは必要でしょう？」

「あ、ありがとうございます！」

十五歳の少女に諭され、しょげたり喜んだりするおっさんの図である。

これが、王族という身分で圧をかけているだけではないのが、リレイアの凄《すご》さだ。

彼女ほど貴族の心を操るのが上手《うま》い王族がどれほどいるだろうか、

「貴男のように良い領主は私の国で楽しく生きて欲しいですから」

「姫様……」

リレイアの神々《こうごう》しいとも言える笑顔に、領主はすっかり魅了されている。

鞭《むち》をちらつかせながらの飴《あめ》の連打である。

これで落ちない領主はいないだろう。

しかも、リレイアの懐《ふところ》は全く痛まない。

「しかし驚きました。全て姫様の言った通りになりましたね」

領主は食事を口に運ぶたび、リレイアを褒めちぎる。

「街で起きていたことと、そこに住む人々を見れば、簡単なことですわ」

「さすがです、姫様」

そう、今回の銀熊邸でのやりとりは、全てリレイアによる指示通りだったのだ。

領主のセリフや、身振りなども全てリレイアの指導が入っている。

これがまた領主もなかなかの役者で、演技と悟られない芝居をするものだから、指導するリレイアも楽しそうだった。

王宮にいた頃、魔法以外の数少ない楽しみが観劇だったから、それを思い出していたのかもしれない。

「そうそう、忘れないうちに」

領主が呼んだ彼の付き人は、トレーに銀貨を載せてきた。

「銀熊邸の宿泊料です。ご命令通り、調査料ということで処理しています」

「ありがとう」

おお！

こんなことまで考えていたとは！

旅を始めたばかりの頃は金勘定がへたっぴだったのに！

成長したものだ。

これで一文無しから脱出である。

「お世話になったのですから、もっとお出しすることもできますが、本当によろしいのですか？」

領主の付き人が、先程の宿代と同じ枚数の『金貨』をトレーに載せてきた。

「言ったでしょう？　絶対に受け取らないと」

「はっ……」

はっきりとそう言われた領主は、少し不思議そうな顔をした。

リレイアは以前、「賄賂は受け取らない。借りになるから」と言った。

普通の貴族にそういった考えはないらしい。

下々から受け取るのは、当たり前の権利だと考えているからだ。

だがこうもぴしゃりと言われてしまっては、領主も引き下がらざるをえない。

「そのお金は領地を良くするのに使ってください。そして、私が女王になったら税をたくさん納めても豊かに暮らしていけるような土地を作っていただきたいですわ」

「そのようなお言葉……自分の矮小《わいしょう》さを思い知るばかりです。姫様がおられればこの国も安泰でしょう」

「私にできるのは大きな流れを作ることだけ。手を動かしてくださるのは皆さんですわ」

「姫様……っ！」

領主は感極まって涙ぐんでいる。

「ですが、今日くらいはおごらせていただけるのでしょう？」

「ええ、それは喜んで」

「オヤジ！　どんどん持ってきてくれ！　この宿で一番美味《うま》いヤツから順番にだ！」

尻尾が生えていたら全力で振っていそうなほどの笑顔で、領主はご主人に注文をしたのだった。

なお、料理を運んできたのは息子のリッカルである。

銀熊邸はしばらく他の人に経営を任せ、紅龍邸で性根からたたき直すということだ。

あの性格がそう簡単に直るとも思えないけどね。

◇◆◇

私とリレイアはそのまま領主の金で、十日ほど紅龍邸に宿泊した。

その間、私は街に『紅龍邸にお忍びで王族が泊まっているらしい』という噂《うわさ》を流した。

その結果、なんとかコネと作ろうとした貴族が、紅龍邸にこぞって泊まるようになり、今はすっかり大繁盛《だいはんじょう》だ。

ご主人がちょっとへんくつなのは変わらないけれど、この宿のサービスならお客さんも定着するだろう。

息子さんを挑発し手を出させようとしてしまったことへの、リレイアなりの罪滅ぼしだ。

悪いのはリッカルだということで、決して正面から謝ったりしないのが、実に彼女らしい。

そうして私達は、温泉の匂いに後ろ髪を引かれながら街を出た。

「これでまた一人、リレイア様の味方が増えましたね」

「ええ。この旅の帰りには必ず寄りましょう。これだけ恩を売っておけば、タダで泊まらせてくれるはずだわ」

「ええ……？」

「やだなあ。冗談よ」

私のあきれ顔に、唇をとがらせて微笑《ほほえ》みを見せるリレイアである。

絶対本気だったよね……？

「でもさすがリレイア様ですね。あの親子に、やり直す機会まで与えるなんて」

「偶然よ。街を良くするには、あの方法が良いと思っただけ」

本当は二人の関係を少しでも良くすることがメイン……とまでは言わない。

でも、とても気にかけていたのはたしかだ。

リレイアは絶対認めないだろうけどね。

予告3

よりよい国を作るため！

民の幸せ護るため！

禁呪をもとめて幾星霜！

禁呪を私利私欲のために使うなんて許せない！

魔法は未来のために！

魔法は幸せのために！

人々の想いをのせて！

放て！　必殺のカタストロフエクスプロージョン！

次回、『ニチアサ好きな転生メイド、悪を成敗する旅に出る』エピソード３『姫とメイドの禁呪《きんじゅ》探訪』！

みんなの未来は！

私達が護ってみせる！

さあ、これでどうかしら？

素晴らしいですリレイア様！　さすがです！

そ、そう？　えへへ……

まだまだ改善点もありますけどね。
シメの台詞も決まってませんし

え！？　まだやるのこれ！？

エピソード3　姫とメイドの禁呪《きんじゅ》探訪

私とリレイアは、今日も街道を歩いていた。

どこを見ても、開けた草原が広がっている。

良く言えば開放感のある、悪く言えば代わり映えのしない風景だ。

「次の街までどれくらい？」

リレイアが「完全に飽きました」という口調で聞いてくる。

「明日にはつきますよ」

「えー？　今日も野宿ぅ？」

すでに昨晩も野宿をしている。

前の村からは、本来なら徒歩でも一泊の野宿で行ける距離なため、宿場もない。

うんざりするのもわかるのだが……。

「リレイア様が前の村で禁呪をぶっ放すからですよ」

今、リレイアは禁呪の副作用で六歳児くらいの体になっている。

彼女に無理をさせないペースで歩くと、どうしても時間がかかってしまうのだ。

「だってあいつら、村ぐるみで旅人の追い剝ぎなんてしてたんだよ⁉」

腰に手を当ててぷんすか怒る六歳児、かわいい。

「そりゃあ、あの村はクズばかりでしたけどね。だからと言って、近くの森をごっそり吹っ飛ばす必要はなかったのでは？」

環境破壊だよ。

「あんな見晴らしの悪いところに籠もってるから、悪いことをするんだよ」

全世界の谷育ちの人に謝れ。

あれはあれで絶景とも言えるでしょ。

「それに最近、派手な魔法を使ってなかったからストレスが……」

そっちが本音だよねぇ⁉

「いやほら、禁呪が手に入るかもって思ったらさ……ね？」

「ね？　じゃありませんよ、まったく。ガセの可能性が高いんですから、あまり期待しないでくださいよ」

紅龍邸《こうりゅうてい》のご主人が、これから向かう街に禁呪の継承先を探している人がいるという噂を教えてくれたのだ。

魔法大好きっ子のリレイアは、もちろんそれに飛びついた。

あてのある旅じゃないからいいんだけどね。

「なーに言ってんの。めいっぱい期待するわよ」

「ガセネタだった時にがっかりしますよ？」

「その時はめいっぱいがっかりすればいいのよ。最初から何も期待しないより、その方が楽しいじゃない」

「ふふっ……」

実に彼女らしいセリフに、私は思わず吹き出してしまう。

「何がおかしいの？」

「いいえ、私も見習わなきゃと思っただけですよ」

「でしょー？」

鼻息荒く、ぺったんこな胸を反らせる幼女である。

こんなことを言うリレイアだから、一緒に旅をしていて楽しいのだ。

「禁呪探しも旅の大事な目的だしね」

思わせぶりに言うが、その理由は教えてくれないんだよね。

純粋に集めたいという以外に何かありそうなんだけど……。

もしかすると、そう思わせておいて実はなんにもないなんてこともありそうなのがリレイアだ。

必要があればいずれ知ることになるだろう。

◇◆◇

「さあて、禁呪を探すわよー！」

リレイアは街の入口で、拳を高く突き上げた。

その様子を道行く人々が温かく見守っている。

完全にただの元気な幼女だからね。

しかたないね。

「どこから探しましょうか。やはりまずは酒場ですかね？」

徒歩で何日もかかる温泉街まで噂が届くくらいだ。

酒場に行けば簡単に情報も集まるだろう。

まだ日は高いが、食堂として営業しているかもしれない。

「んー、ゆっくり街を見ながら酒場に向かいましょうか」

「いつもなら魔法に一直線なのに、珍しいですね」

「そこそこ賑《にぎ》わってる街みたいだし、ちょっと見て回りたいのよね」

「ふーん？」

「な、なによその疑わしそうな顔は」

「そんなことありませんよ」

「ならいいわ」

「他にも理由があるんだろうなと思っただけです」

「うっ……ライゼと違って、そこはつっこんでくるのよね……」

「ライゼさんほどリレイア様の思考を予測できませんからね。気になることは聞いてみるのです」

「嘘《うそ》ばっかり。わかってて聞いてるでしょ」

「えー、そんなことありませんよー」

「うわっ、わざとらしい！」

こんなくだらない会話も楽しいと思えるほどには、リレイアとは打ち解けられたと思っている。

ただ……リレイアが寄り道したがる理由は本当にわからないんだよね。

ちょっと悔しいから、わからないフリをしていると誤解させてみたけど。

「では参りましょうか」

私は心の内を決して表情には出さず、しれっとリレイアの手を握る。

幼女を連れて歩く時は、ちゃんと手を繋《つな》がないとね。

特にこの街、身なりからして金持ちな連中と、スラムに住んでいそうな住民がごちゃまぜに歩いている。

区画整理がされていないのか、最近急に街が大きくなったのか……。

いずれにせよ、私も街の様子は気になるところだ。

ライゼの記憶にない街は、私がリレイアの安全を確保しないといけないからね。


「やっぱりこの街、ちょっとおかしいわ……」

三十分ほど街をぶらついただろうか。

リレイアがそんなことを言った。

「何がです？」

「戦《いくさ》の臭いがする」

くんくん。

なんとなく臭いを嗅いでみるも、屋台が焼く肉や、近くを通りかかった物乞いの悪臭が漂ってきたくらいだ。

「火薬の臭いはしませんね」

「バカね。そういう意味じゃなくて。街の雰囲気というか、そういったものよ」

ライゼならわかったのかもしれないが、私はそういう勘は働かない。

知識はあるが、経験と結びついていないのだ。

だが、リレイアがそう言うのなら、そうなのだろう。

彼女の勘は、ライゼも信頼していたようだし。

「領主どうしの領土争いでしょうか？」

この街はエトスバイン王国の中でも、国境から離れた位置にある。

となれば、国内の領地争いと考えるのが普通だ。

「領主どうしの戦は禁止してるはずなんだけどね……」

おー、これは怒っとる。

「国内で疲弊してもいいことないですしね」

「そもそも、領地は国王から与えられたものなのよ。それを力で奪い取るなんてね……。大義名分を立てられるなら、ある程度おとがめなしって伝統はあるとはいえ……」

実に面白くなさそうだ。

エトスバイン王国は、ここのところ他国との大きな戦争こそないものの、内戦は各地でおきている。

日本の戦国時代ほどではないが、大名を領主に置き換えてみるとイメージ的には近いところだろう。

領土争いを完全に封じてしまうと、それぞれの事情で領土を増やしたい領主達が爆発する場合がある。

だから、『上手《うま》くやった』場合はおとがめなしだ。

それをリレイアは苦々しく思っている。

そうした無益な争いを国からなくすことも、彼女が女王となってやりたいことの一つだ。

リレイアが酒場に直行しなかったのは、街の入口で異変を感じたからだろうか。

だとしたら流石《さすが》である。

さらにしばらく街を見て回っていると、背後から杖《つえ》をついた女性が近づいてきた。

街の入口からついてきていたのには気付いていたが、害はなさそうだったので放っておいたのだけど。

「お嬢ちゃん達、禁呪に興味があるのかい？　ひっひっひ」

女性は声と肌こそ中年だが、雰囲気は老婆のそれだった。

右手と左足が義手と義足で、折れ曲がった腰を杖で支えている。

老婆のフリをしている？

そんな意味があるとは思えないけど……。

彼女は衣服もボロボロだが、道行く人は大して気にしている風でもない。

似たような人の多い街なので、慣れっこなのだろう。

一番気になるのは、貼り付けたようなニヤケ顔なのだが……。

「禁呪《きんじゅ》について何かご存じなのですか？」

こういう相手にもフラットに接することができるのが、リレイアの魅力だ。

彼女に言わせれば、「身につけている物が高いか安いかだけで、汚さは王宮の人間も同じ」ということらしい。

十五歳のセリフとは思えないよね。

今は幼女だけど。

「ひっひっひ……」

女性は掌《てのひら》を上に向けると、手招きのような仕草をした。

情報が欲しければ金をだせということらしい。

「私が欲しい情報は簡単に手に入りそうなのですよね。酒場のミルクを飲んで得られる以上の情報を貴女《あなた》はお持ちなのですか？」

「実体験があるさ。ひっひっひ。ここで小銭を惜しんで痛い目を見るか、自分で考えるんだね」

「禁呪の継承に失敗したその体のことを言っているんですの？」

「ひっひ……あんた、見た目通りの歳《とし》じゃないね？　百年生きた魔女だろう」

「失礼な！　まだ十五ですわ！」

「十五には見えないねえ……ひっひっひ……」

女性はリレイアが適当にはぐらかしたと思ったのだろう。

リレイアのことを見抜いたつもりになって、得意げにくすんだ歯を見せた。

只者《ただもの》でないのは確かだけど、本当に十五歳なんだよね。

「そこまで体に負荷が出るってことは、継承適性がなかったのに無理をしたということでしょう？」

「ひっひ……？　詳しいね……」

女性のニヤケ面が初めて消えた。

「んー、貴女から聞ける情報はなさそうね。行くわよ、ユキ」

私は女性に小さく会釈《えしゃく》すると、リレイアと共にその場を後にした。

女性はつけてくるのを諦めたようだ。

「いつもなら情報屋にお金を払うことが多いのに、あっさり断りましたね」

特に、お金に困ってそうな人に対しては、何かと理由をつけて報酬を払うリレイアだ。

もちろん、大した金額ではないけれど。

「さっきの女性は、あることないこと煽《あお》って、すこしでもお金をせしめようって感じだったからね。そういう人はお断りってわけ」

私が見てもうさんくさい人だったしね。

「……リレイア様は、禁呪の継承で無理なんてしませんよね？」

禁呪についての知識は、ライゼもあまり持っていないようだ。

普通の魔法と違い、習得するためには、今の使い手から『継承』する必要があるらしいのだけど……。

失敗するとああなるなんて聞いていない。

「当たり前でしょ。適性がなければ、無理をすれば継承できるものではないってわかってるんだし。あの女性は、無理だとわかっても引き返さなかったのね」

「リレイア様はそれでも突っ込むことがありますから……」

「人をバカみたいに言わないでくれる⁉」

「わかってますよ。バカみたいに突進しますが、引き際《ぎわ》は華麗ですものね」

「やっぱりバカみたいって言ってるじゃない⁉」

「褒めてるんですよ」

「そう言っておけばいいと思ってない⁉」

くっ……学習されてしまった。

もうちょっとからかいたいのに。

そんなこんなで、酒場で昼食を取るついでにマスターに話を聞くと、禁呪についての情報はあっさり得られた。

領主が禁呪の継承先を探しているらしい。

なんでも、領主おかかえの魔道士が禁呪を使えるのだが、難病にかかったらしく、誰かに禁呪を継承させたいとのこと。

遠くの街まで噂《うわさ》がながれていた理由がわかった。

継承できる人間を探すため、あえて噂をばらまいていたのだ。

この街から離れるにしたがって、細かい情報は抜け落ちていったみたいだけど。

そうして領主の屋敷《やしき》までやってきた私とリレイアである。

屋敷の前には行列ができていた。

男女合わせて二十人ほどだ。

魔道士の希少さと、受付が今日に限られているわけではないことを考えると、異常に多いように感じる。

というか、どう見ても魔道士とは思えない一般人がほとんどだ。

どゆこと？

禁呪って、魔法を学んでいなくても継承できるの？

しばらく観察していると、中に入ってすぐ出てくる人と、戻ってこない人がいることに気付く。

入口で足切り面接でもしているのだろうか。

「禁呪の継承希望者って、こんなに集まるものなんですか？」

私は隣でその列を興味深そうに眺めているリレイアに聞いた。

「普通は眉唾だと思うからねえ……。王都でならともかく、辺境の街なら、多くても数日に一人来ればいい方だと思うけど……」

そこまで言ったリレイアは、屋敷の前にある看板に目をやった。

――禁呪を継承できた者を、領主直属魔道士とする――

看板にはそう書かれていた。

「ええと……魔道士でもなんでもないけど、ワンチャン貧乏から抜け出せるかもってことですかね？」

「その『ワンチャン』ってのがなんなのかわからないけど、たぶんそれよ」

「やたらとうろついてたボロボロの格好をした人達も、さっきの女性みたいに継承に失敗した人だけではなさそうですね」

近くの町や村からも、人生一発逆転狙いが集まってきているのだろう。

この街としては、あまり良いことではないと思うのだが、どうなんだろう……？

よそから人がやってくるだけでも、街の活性化には繋《つな》がるから、アリなのかな？

「リレイア様なら身分を明かせば融通してもらえると思いますが……」

「しないってわかってて聞いてるでしょ」

まあね。

「身分を明かすことで逆にとぼけられる可能性があるのと、平民への生の反応を見たい。ですね？」

「そういうこと。禁呪継承を王族にして、もし失敗なんかしたら首が飛ぶだけじゃすまないもの。断られるわ」

そんな禁呪を使えるリレイアは何なのかということになるが、それはまた語る機会もあるかな。

そんなこんなで、列に並んで三時間ほど。

リレイアの番がやってきた。

屋敷に入ると、執事風の青年が受付をしていた。

「今度はメイドか……」

青年はややうんざりしたように、私を見た。

気持ちはわからなくもないけど、いい気分はしない。

「いいえ、継承をするのはこちらの方です」

「この子供が……？」

「子供じゃありませんわ」

ぷりぷり怒るリレイアだが、その仕草が子供そのものである。

「はいはい。悪いけど、十五歳以上からなんだ」

「なら問題ないわ。私は十五歳よ」

「背伸びしたい年頃かな？」

青年は疲れた顔に少しだけ人のよさそうな笑顔を浮かべた。

「違いますわよ！　いいから、継承の儀を受けさせてくださらない？」

本当に背伸びをして、少しでも大きく見せようとするリレイアちゃんかわいい。

「悪いけど規則なんだよ」

「私の魔法を見てもそれが言えて？」

呪文を唱え、掌を前に出すリレイア。

そこから放たれたのは……。

――ぷすん。

僅かな蒸気だった。

目元を引きつらせるリレイアである。

禁呪の副作用中は体内の魔力が枯渇《こかつ》しているため、魔法を使えないことを忘れていたらしい。

魔石《ませき》を持っていても、それを扱う魔力がないとダメだとか。

「小さいのにすごいじゃないか！」

一方、青年は大いに驚いていた。

たとえ効果はしょぼくても、この歳で魔法を使えるという事実だけで、天才扱いされるのが普通だ。

リレイアが本当に六歳だった頃は、もっと色々できたらしいけどね。

本物の天才だ。

「手品ができるんだね」

青年は、生暖かい視線をリレイアに向けている。

「本物の魔法と手品の区別もつきませんの⁉」

「はいはい。あと二年したら結婚相手に考えてあげてもいいから、今日はお帰り」

それって、今の六歳基準でいくと八歳なんだけど⁉

こちらの世界だと十代前半の結婚も珍しくないけど、さすがにこれは完全なるロリコンでは？

駐在兵に突きだしておいた方がいいかな？

「ちょっとユキ！　このお兄さんをやっておしまい！」

「完全にセリフが悪役ですよ」

「だってぇ！」

六歳児の体になると、言動まで少し幼くなるから不思議だ。

「はいはい。ここは大人しく帰りますよ」

私は手を引いて屋敷を出た。

「きんじゅー！　きんじゅー！」

おもちゃ屋さんで暴れる子供をあやす親の気分だ。

子供なんて育てたことないけど。


宿をとった私達は作戦会議を開いた。

リレイアはベッドに腰掛け、私はその正面に立つ。

夜は並んで寝ることもある私達だが、こういう時のケジメは大切である。

メイドとしてね。

「あの屋敷怪しいわ！　調べてきて！」

なお、肝心のリレイアはこの調子である。

お姫様はたいそうご立腹だ。

「それってただの腹いせでは……？」

「きっかけは腹いせでも、それで悪が暴ければ良しよ！」

「怪しいのは確かですけどね……」

「でしょでしょ？」

禁呪《きんじゅ》の後継者を探すにしたって、あれほど広く募集する必要はないはずだ。

面接をするだけでも手間だろう。

一応、年齢という最低限の条件はあるようだけど、あまりに条件が緩い。

お抱えの魔道士にするならなおさら、誰かの紹介などが普通だろう。

領主になるくらいだから、人脈はあるだろうし。

「それじゃあちょっと行ってきますね。あまり高いものを食べないでくださいよ」

「浪費癖のある箱入りお姫様じゃないから！」

「ストレスがたまっている時のリレイア様は、たまにやらかしますからね」

「う……大丈夫よ」

「ちゃんとお土産買ってきますから」

「子供扱いしないでってば！」

「お土産は大人にも買ってくるものですよ。そういう反応が子供ですねぇ」

「もー！　早く行ってきて！」

「はーい。行って参ります」

幼女のリレイアをからかうのは楽しいなあ。

夕日が山の向こうに消えようとした時間になっても、屋敷の前にはまだ列ができていた。

「今並んでいる皆さんで今日はおしまいです」

執事風の青年がそんな案内をしていた。

さて、どうやって調べたものか……。

屋敷にメイドとして潜り込むのが一番いいのだけど、時間がかかりすぎる。

やっぱり、忍び込んで盗み聞きかなあ。

問題は、どうやって忍び込むかだね。

できれば禁呪継承の儀式を直接見たいところである。

今日の儀式が全て終わる前に、忍び込まねば。

私はできるだけ屋敷全体を見渡せるよう、近くの家の屋根に登る。

しばらく様子を見ていると、裏口から木箱を抱えたメイドが出てきた。

メイドはそれを地面に置くと、木箱に座って一息ついている。

主人に見つかれば叱られるだろうが、こういった時しか休憩を取れないのがメイドだ。

悪いけど利用させてもらおう。

私は屋根を蹴ってメイドのそばにある木に着地。

そのまま音もなく地面に降りた。

「え――？」

驚くメイドを当て身一発で気絶させ、素早くそのメイド服を脱がす。

メイド服を交換した女性は、目立たないところにそっと転がしておく。

手には一枚の銀貨を握らせた。迷惑料である。

この屋敷《やしき》のメイドは、全員同じデザインのメイド服を着用しているようだったので、しかたなくである。

できれば帰りにもう一度交換しておきたいところではある。

王宮のメイド服はやはり作りが違うし、お気に入りなのだ。

広い屋敷だけあって、多くのメイドが働いていた。

夕食前のため、メイド達はそちらの準備に手を取られているようだ。

これなら、周囲の気配を探っていれば、鉢合わせる確率はぐっと減らせるね。

屋敷の人に出会っても、せいぜい「見ない顔ね」と言われる程度だ。

さて……儀式が行われている部屋はどこかなと……。

だいたいの方角から、屋敷の入口へと向かう。

儀式の間へ案内される応募者の後をつけるためだ。

そっとドアからエントランスを見ると、二十歳《はたち》くらいの痩せた青年が受付をしているところだった。

格好からすると、ちゃんと修行をした魔道士だろう。

受付の執事から青年を引き継いだメイドが、彼を案内する。

私はそっとその後をつけた。

向かう先は地下室だ。

階段の先はおそらく一本道。

このままついていっては、もしメイドがすぐ戻ってきた場合、鉢合わせてしまう。

私は背中を壁につけ、下の様子を窺《うかが》う。

やがて、地下で重たい扉が開き、すぐに閉じる音がした。

戻ってくる足音は一つ。

メイドのものだ。

柱の陰に隠れてその足音をやり過ごしつつ、そばにあった水差しを手に取った。

足音が十分に離れたのを確認すると、地下へと続く階段に足を踏み出した。

階段を二階分ほど下ると、そこには鉄扉《てっぴ》があった。

目の高さに格子《こうし》がはまっているが、そこから覗《のぞ》き込むわけにもいかない。

私の顔を知っている相手が中にいるかもしれないからだ。
腰をかがめ、鉄扉に耳を当てて息を殺す。
『それでは始めますよ』
聞こえてきたのは若い女性の声。
この声の主が、今の禁呪の所有者だろうか。
女性は長い呪文を唱えている。
なんだろう……上手《うま》く聞き取れない。
鉄扉を挟んでいるにしても、ライゼの耳なら問題ないはずなのだが……。
女性が呪文を唱え終わると、扉の格子から強い光が漏れてきた。
『ひっひ……』
気味の悪い笑い声は青年のものだ。
おそらく、先程部屋に入っていった彼だろう。
『これからは私の言うことを聞くのよ』
『ひっひ……』
この笑い声、どこかで聞いたような……。
そうだ。

私達に情報を売ろうとしてきた女性と同じだ。
ということは、継承時に無理をした？
魔法に疎《うと》い私だが、そんな感じはしなかったけど……。
リレイアに報告し、判断を仰《あお》ぎたいところだ。
儀式も終わったようだし、長居は無用ね。
私が階段に足をかけたその時——
『誰？』
扉の中から声をかけられた。
バレた⁉　なんで⁉
足下を見ると、ぼんやり光る魔法陣が展開していた。
いつの間に⁉
ここに来たときはなかったはず。
ここで逃げれば怪しすぎる。
私は扉をノックした。
「執事様に言われてお水をお持ちしました」
こんな時のために持ってきた水差しだ。

備えあれば憂いなしである。

『そう、いらないわ』

「失礼しました」

扉の中を見たかったが、格子を覗けば向こうからも見えてしまう。

私は大人しく屋敷を出た。

ちゃんと自分のメイド服も回収してね。


宿に戻った私は、屋敷で見てきた内容をリレイアに報告した。

「ふーん、なるほどね。魔法の発動にかかった時間なんかも間違いないのね？　それは……うーん……」

ベッドに腰掛けて話を聞いていたリレイアは、難しい顔で唸《うな》っている。

そのままリレイアはベッドにあぐらをかくと、目の前に王家の紋章を投影した。

これだけの情報で『整える』ことができるものなのだろうか？

「禁呪……継承……儀式の魔法……継承者の症状……」

…………。

…………。

深い思考に入ったリレイアを待つことしばし。

「整ったわ」

紋章を消したリレイアがニカッと笑う。

「ちょっと急がないとやばそうだけど……問題は、ここの領主がどこまで絡《から》んでいるかってことね」

「どう調べます？」

「そうねえ……調べる必要なんてないかもよ？」

完全に悪の幹部がする笑顔だこれ！　不安しかないよ！

◇◆◇

翌日、リレイアは再び屋敷へと向かった。

「ついてきてはだめよ」

リレイアはそう言ったが、彼女を一人で屋敷に行かせるわけにはいかない。

幼女姿ではまた追い返されるはずだが、彼女には何か考えがあるのだろう。

私は昨日のうちに調べておいた、屋敷に『通いで』働いているメイドの家へと向かった。

狙うのはメイドが家を出てきたところである。

私は周囲に人がいないところで、メイドの口を背後から塞ぎ、静かに気絶させた。

昨日と同じように、メイド服を交換する。

二日連続はさすがに罪悪感があるよね……。

毎日じゃなけりゃいいってもんでもないのだけど。


「キリアが病欠？　それで代わりに来たって？」

そうして私は、屋敷におしかけたのだ。

対応してくれているのはメイド長である。

「はい。針子の仕事があったのですが、そちらは今日は暇らしく、友人の頼みとあれば……」

「随分お人好《ひとよ》しだねえ」

「今日の分のお給金はキリアからもらえることになってますから。針子の仕事より実入りがいいんです」

「仕事ができるならかまわないけどね。デキが悪かったらお金はだせないよ」

「ご心配なく。これでも針子になる前は、長いことメイドをしていました」

午前中、私はバリバリ働いた。

久しぶりのお屋敷でのメイド仕事！

楽しい！

別に掃除が好きというわけではないのだが、メイド服を着て高い調度品を磨いていると、

「ああ……メイドだなあ……」とわくわくするのだ。

これがリレイアみたいな、仕え甲斐《がい》のある主人の屋敷だったら、なおよかったんだけどね。


「あんたすごいね……毎日でも来てほしいくらいだよ」

半日でメイド長からガチのお褒めの言葉を頂いた。

「私が毎日来たら、みなさんのお仕事がなくなってしまいます」

「はっはっは。冗談に聞こえないからすごいね」

ふふーん、見たか！

これがライゼの記憶と、現代お掃除技術の知識を合わせた、ユキ流メイド術よ！

なかなか落ちない頑固な汚れもぴっかぴかである。

さてと。

久々のメイド仕事を楽しむのはここまでね。

さっき窓からリレイアが入ってくるのが見えたからだ。

私は昨日と同じ方法で地下室の前でリレイアを見守り、何かあったら飛び込むつもり
……だった。

しかし、屋敷《やしき》に入ったはずのリレイアは、いつまでも例の地下へと案内されることはなかった。

やがて、リレイアの後ろに並んでいた魔道士が地下へと連れていかれた。

どういうこと？

昨日のように追い返されたわけではなさそうだ。

もしかして……見失った？

私の顔から、さっと血の気が引いていくのがわかった。

◇ リレイア ◇

さて、相手が優秀だったおかげで、ここまでは想定通りね。

私はイスに後ろ手で縛られていた。

足下には魔力の流れを阻害する魔法陣が展開されている。

常人ならほぼ魔法が使えない状態になるだろう。

かなり高度な術だ。

使い手は国内に何人いるだろうか。

地方領主が抱える魔道士に使えるような魔法ではない。

「この娘が私の周りを嗅ぎ回っていたと？」

そして今、私の前にいるのがこの屋敷の主《あるじ》だ。

このあたりの領主であるゲインツという中年男性である。

特徴らしい特徴といえば、年齢にしては引き締まった体くらいだろう。

強がってはいるものの、ややおどおどした印象を受ける。

「いいえ、嗅ぎ回っていたのはメイドの方ね」

ゲインツの質問に不遜な態度で答えたのは、魔道士用のローブを身につけた二十歳《はたち》くらいの女性だった。

切れ長の目に、ぼさぼさの赤毛を横で無造作にまとめている。

顔立ちは美しくはあるのだが、近づきがたい雰囲気がある。

「なぜオレを調べる？　どこの手の者だ？」

ゲインツが私を見下ろして言う。

やはり昨日のユキの潜入はバレていたようだ。

潜入者とユキが同一人物という確証はないけれど、念のためといったところか。

昨日のユキの話によると、顔は見られていないはずなのに、ここまで断定できるというのは解《げ》せないが……かまかけだろうか？

それにしては、魔道士の方は特に確信を持っているようだ。

その『解せない』ということ自体が、大きなヒントなのですけどね。

「こんな幼女を縛り付けて、ここの領主様はド変態かしら？」

「子供だから痛い目を見ないと思ったら大間違いだぞ」

「子供に必死にすごんで恥ずかしくないのかしら？」

子供じゃないけどね！

「生意気なガキだ。昔、一度だけリレイア姫に謁見したことがあるが、尊大さだけは姫を思わせるな。歳《とし》も違うし、こんなところに姫がいるはずもないが」

あらあら、なかなかいい勘してますわね。

「嗅ぎ回ってると思うということは、何かやましいことでもあるのかしら？」

「何の話だ？」

ここで表情を変えないのは、なかなかの役者ですわね。

「たとえば、禁呪《きんじゅ》継承の儀式料を借金させ、失敗したらその借金のカタに魔術で洗脳。自分の部下……いいえ、奴隷にしているといったところかしら？」

「貴様……何者だ？」

【なぜ――ウェイラ領の――兵力がたりな――魔法――護《まも》らねば――】

私の頭に、ゲインツの思考が声となって響く。

これが私の特別な能力だ。

他人の思考が声となって流れ込んでくる。

情報は断片的だし、制御もできない。

使いたい時に発動するとは限らないし、聞きたくないことが聞こえてしまうこともある。

わかっているのは、感情の高ぶった相手の思考が聞こえることが多いということくらいだ。

この能力については、誰にも――ライゼやユキにすら言っていない。

ライゼにはいずれ話すつもりだったが、その機会が訪れないまま、彼女は逝《い》ってしまった。

私はこの能力があったおかげで王宮を生き抜いてこられた。

逆に、人は信じられないものだということも、小さい頃に学んでしまったけれど。

信じられると思った人も、ちょっとしたきっかけで裏切ることもある。

だから私は、信じると決めた人を信じ抜くことにした。

たとえ、この能力で何を聞いたとしてもだ。

逆にそう決めたからこそ、私はこれまでまともに生きてこられた。

一方、ゲインツの思考は、隣のウェイラ領から攻め込まれるのではないかという疑心暗鬼にとらわれていた。

この領地は金銭的にも訪れる傭兵《ようへい》の数的にも、兵士を雇いにくい状況にある。

だから、禁呪をエサに魔道士を集めた。

儀式料ということで一時的に借金をさせ、それをきっかけに洗脳魔法をかけていたというのは、私の予想通りだった。

となると、もう少ししゃべらせたら自由に動きたいところね。

ユキには来るなと言ってあるから、そろそろここを見つけてくれるはずだけど……。

◇　ユキ　◇

リレイアの気配を見つけたのは、屋敷の隠し部屋だった。

領主の部屋にある本を押し込むと、本棚を動かせるしかけだ。

なんでこういう手のこんだものを作りたがるんだろうか。

少しだけ動かした本棚の隙間から中を覗《のぞ》くと、短い通路の先から話し声が聞こえる。

「ゲインツさん、領地を護るためとはいえ、民衆を洗脳するなんていけないことだと思いますわ」

「な、なにっ⁉」

リレイアの穏やかだが圧のある声に続いたのは、図星を突かれた男性のものだ。

どういう状況？

捕まったリレイアが、領主を糾弾してるってこと？

言わんこっちゃない！

やっぱりトラブルに巻き込まれてるじゃない！

様子を見に来てよかったよ！

今すぐにでも飛び込んでいきたいが、少しだけ我慢だ。

リレイアはきっと領主から情報を引き出そうとしている。

それが終わるのを待つのである。

もちろん、彼女に危険が及びそうになったらすぐにでも飛び込むけど。

「でもそれ以上に問題なのは、領主をそそのかす魔族の存在ですけどね」

「魔族……だと……？」

「すぐ隣にいらっしゃるじゃない。領地を護るためとそそのかして魔道士を集め、彼らを使って隣の領地と戦《いくさ》を始めようとしている魔族が」

「マグナリアが魔族？　バカも休み休み言うんだな。所詮は子供の妄想だったか」

ゲインツは鼻で笑い飛ばしたが、私は通路の先にいる三人目の持つ気配が大きく膨らんだのを感じた。

本当に魔族かどうかの判断は、私にはできない。

だが、ヤバイ相手であることは確かだ。

「ほうら、やっぱり普通じゃない」

リレイアの挑発的な言動に、マグナリアの気配がさらに膨らむ。

「お、お前……いったい……」

鈍そうなゲインツも声が震えている。さすがに彼女から放たれる異様な雰囲気に気付いたらしい。

「この子供、殺しておいた方がいいわ。子供の姿をしていても、ゲインツ様の領地に災いをもたらすでしょう。ウェイラ領が戦の準備を始めている今、災いの芽はつんでおくべき」

マグナリアが冷たくそう言い放った。

ウェイラ領といえば、この領地の隣に位置する場所だ。

私が調べた範囲では、確かに軍備増強をしているらしい。

だが、比較的仲の良かった二つの領地間に不穏な空気が流れ出したのは、ここ数年だ。

魔族がまた『ゲーム』のために、戦を起こそうとしているのだとしたら――

「し、しかし……」

ゲインツは迷っている。

そりゃあ、いきなり子供を殺せといわれてすぐ首を縦に振れるのは、それなり以上のゲスか悪党だ。

「図星を突かれて焦《あせ》っているのかしら？　二つの領地の急な軍備増強。諍《いさか》いになる原因となった、宿場町での小さな小競《こぜ》り合い。全て貴女《あなた》の仕業でしょう？」

このあたりは、私が昨晩調べてリレイアに報告したことだ。

「何を言っているのかわからないな」

「まあ、とぼけるでしょうね。でも、私の言葉をゲインツさんは信じざるをえませんわ」

ゲインツが不思議がるのも無理はない。

「どういうことだ？」

「私がもうすぐもとに戻るからですわ」

禁呪を使ってからちょうど三日だけど……もうそんな時間⁉

やばい！

なにがやばいって——ええと……とりあえずシーツ！

私はベッドからシーツをはぎ取ると、本棚と壁の隙間に体を滑り込ませ……こませ……

ああもう！　胸がつかえる！

もう少しだけ広げた隙間に体を滑り込ませた。

隠し部屋に乱入すると、リレイアの体から魔力の輝きが溢《あふ》れ、その体が六歳から十五歳に戻ろうとしていた。

「リレイア様！　これを！」

私はスカートの中から取りだしたナイフでリレイアを縛っていた縄を切ると、シーツで彼女の体をくるんだ。

視線で領主と魔族をけん制することも忘れない。

せ、せーふ……。

危うく王族の裸体を男性領主に見せるところだった。

「最高のタイミングでしたわ。さすがね、ユキ」

「もう！　私が助けに来なかったらどうするつもりだったんですか」

「来るとわかっていたし、信じてもいたわ」

「来るなと言ったくせに、ずいぶん都合がいいですね」

「主の都合に合わせて動いてくれるメイドがいることに感謝しますわ」

そんなことを言われたら、つい許してしまう。

私が助けに来るって信じてくれてたことも、やっぱり嬉《うれ》しかったしね。

なんだかんだで、私もチョロいなあ。

「リレイア様……？　まさか本当にリレイア姫⁉」

一方、顔面蒼白《がんめんそうはく》なのは、領主のゲインツだ。

そりゃそうだろう。

王族を捕縛したなど、その場で首を斬られても文句は言えない。

「ふふ……紋章を見せるまでもなさそうですわね」

わーお、リレイア楽しそう。

こりゃあ、微笑《ほほえ》まれてる方は怖いだろうなあ。

「さてと……ゲインツさんはこちらにつくことになりますが、まだ正体を隠す意味があって？」

そう言いながら、リレイアが足下の魔法陣を踏みつけると、パリンと乾いた音をたてて、魔法陣は光の粒子となって消えた。

「私の封魔陣を……っ！　邪魔者を排除するつもりが、王族だと？　だが、ここで殺せば同じこと！」

そう言ったマグナリアの耳はエルフのように尖《とが》り、ローブの下で身長が伸びていくのがわかる。

膝下だったローブはミニワンピのようになり、瞳が赤く輝いた。

さらに、ローブを撥《は》ね除《の》けるように背中には黒い翼が生え、頭上には輝くリングが浮いている。

やはり魔族！

「こ、これが魔族⁉」

ゲインツは魔族の姿に戻ったマグナリアを見て、脚をガクガク震わせている。

魔族を前にして、命を刈り取られるプレッシャーを感じるのはよくわかる。

「せっかくこの姿に戻ったのだ。暴れさせて貰《もら》うぞ！　お前達を殺せば、あとはなんとでもなる！」

マグナリアが掌《てのひら》をゲインツに向けた。

「魔を妨げよ！　アンチマジックウォール！」

リレイアが唱えていた魔法を解き放つと、彼女の前に光の壁ができた。

魔法を弾《はじ》く壁だ。

炎などの物理現象となった魔法には効果が薄いが、魔族が好んで使う『魔力をそのまま撃ち出す』術に効果が高い。

それなら！

私はゲインツの襟首をひっつかみ、後ろに引き倒した。

同時に自分も伏せる。

直後――

背後の壁が爆発を起こし、大人二人が並んで通れるほどの大穴ができた。

狭い部屋では分が悪い。

私はゲインツを壁にあいた穴から投げ捨てつつ、マグナリアにけん制でナイフを投げる。

ここは二階だが、受け身を取ってくれることを期待しよう。

今後のことを考えると生きていてほしいが、これ以上面倒は見られない。

さらにナイフを投げつつ、リレイアを抱えた私は穴から飛び出す。

なお、ナイフはマグナリアにあっさり避けられている。

「刃《やいば》に光を……シャープエッジ」

私の腕の中で呪文を唱えていたリレイアは、着地と同時に私が構えたナイフに魔法をかけてくれた。

刃物の切れ味をアップさせる魔法だ。

「時間をかせいで！」

「承知しました」

私は主に優雅な一礼をすると、翼をはためかせながら降りてくるマグナリアを睨《にら》んだ。

言葉のやりとりは必要ない。

一気に距離をつめ、左手にかまえたナイフで切りつけた。

マグナリアはその一撃を、掌で受け止める。

さすが魔族。

力を集中させれば、岩をも切り裂くこの体での一撃も、僅かな切り傷を残すのみ。

「ほう、私の体に傷をつけるか」

だけど、その余裕が命取り！

左はフェイント！

右のナイフがリレイアの魔法付きだ。

マグナリアの拳を避けつつ、右のナイフを振るう。

拳から放たれた魔力が、背後の木をなぎ倒したのを感じつつ、私のナイフは彼女の掌から肘までを切り裂いた。

エプロンドレスが汚れないよう、返り血をふわりと避ける。

「があああ！　なんだそのナイフは！」

苦しみもがくマグナリア。

私はその隙を逃さず、追撃をかける。

しかし相手は翼を持つ魔族。

上空へと逃げられてしまう。

屋根よりも高い位置に陣取り、マグナリアは腕の傷を魔法で治している。

しかし、その行動が本当の命取りだ。

「落ちよ雷《いかずち》！　ライトニングストライク！」

リレイアが魔法を放つと、マグナリアの体を落雷が貫いた。

対魔族との戦いは、だまし討ちと短期決戦がキモだ。

生物としての身体能力も魔力もあちらが上なのだから、まともに立ち会ってはいけない。

黒焦げになって落ちてきたマグナリアに、油断なく近づく。

うつぶせになって死んでいるようにも見えるが、急に襲いかかってくることもありえる。

「ユキ！　下がって！」

マグナリアまであと数歩というところまで近づくと、リレイアの悲鳴にも似た叫び声が私の足を止めた。

私は反射的にリレイアの隣まで飛びしさる。

その瞬間、マグナリアの体から紫色の強大な魔力が上空へと立ち上った。

闇の柱となった魔力は、無数の流れ星になって分かれ、街中に散っていく。

「何をしたの!?」

リレイアは唱えていた呪文を中断し、首だけをこちらに向けるマグナリアに問う。

「お前達人間が……『禁呪《きんじゅ》』と呼んでいたものを……使ったのさ……。まさか……人間に敗れるとは……思わなかったが……、お前達にこの『行進』が止められるかな……？」

そう言い残したマグナリアの体から、急速に生気が失われていく。

「禁呪を使った反動に耐えられなかったのね」

リレイアもまた、警戒は解いていない。

「幼女化に耐えられなかったということでしょうか？」

「禁呪の副作用は術によって異なるらしいから、幼女化ではない何かがあったんだと思うわ。それに体が耐えきれなかったのね」

このままではどうせ殺されるから、最後に一撃を放っておこうということだろうか。

「ということは、術の発動自体はしたということですか？」

「そのはずなんだけど……何もおきないわね……」

リレイアが何も感じないのだとすると、即効性のある魔法ではないということ？

がさり――

敷地《しきち》に植えられた茂みから物音がした。

「う……あぁ……」

そちらを見ると、生気の抜けた魔道士風の男がふらふらとこちらにやってきた。

男は私を見ると、ふらふらと近づいてくる。

「うな……れ……ばく……え……」

これは呪文⁉

考えるより先に体が動いた。

私は男の顎をかすめるように殴りつつ、その回転の勢いをころさぬまま、関節を極《き》めて組み伏せた。

「う……う……ぁ……」

気絶しない⁉

あれだけ綺麗《きれい》に顎に入れば、どんな大男でも気絶させられるはず！

男は細い体からは信じられないほどの力で、私の拘束を逃れようとする。

「そんな力で動いたら――」

――ゴキン。

男は自分の関節が外れるのも構わず、暴れ続けている。

「うな……れ……ばく……え……ん……」

それでもなお、呪文を唱えようとする。

私は男の顔を地面に叩《たた》きつけ黙らせる。

鼻の骨が折れ、血が石畳に広がっていく。

そこで私は、男の体が急速に冷たくなっていくことに気がついた。

これって死んでるんじゃない⁉

しかも、死にたてほやほやだ。

私の様子がおかしいのを気にしてか、近づいてきたリレイアが男を調べ始めた。

「生きたままアンデッド化させられてる」

即席ゾンビってこと？

「それにこれ……魔石《ませき》だわ……」

ゾンビの体表面をよく見ると、赤く輝く小さな宝石の粒が、体の内側から生えている。

「リレイア様……もしかしてこれ、禁呪の効果でしょうか」

「おそらくね。対象は一定距離……ではないわね。ランダム？　いいえ……もしかして
……ユキ！」

「は、はい⁉」

「急いで街の様子を確認して！」

「はい！」

私は近くの壁を蹴り、木を伝って一番見晴らしの良い場所の屋根に登った。

街はさながら、ゾンビ映画の様相を呈していた。

死体が蠢《うごめ》き、あちこちから火の手があがっている。

ここから見える範囲で数百体というところだろうか。

ゾンビが魔法で火を放っている……？

さらに、ゾンビ達は目につく人を襲いながら、一方向に向かっている。

街の外に出ていく……？

あちらはたしか、ウェイラ領だ。

私は屋根から降りると、その様子をリレイアに報告した。

「なるほど……あの禁呪、使い手のマグナリアが事前に魔力を埋め込んだ人間をアンデッド化するみたいね。しかも、術者が死んでも命令が活《い》きていると……」

「アンデッドが魔法を使えるなんてことがあるのですか？」

ゾンビといえば、うめき声を上げるのがせいぜいというイメージだけど。

「ヴァンパイアみたいに高位のアンデッドならともかく、低位なものが魔法を使うというのは初めて見るわ……」

リレイアがそういうのであれば、よほど珍しいのだろう。

「アンデッド達をウェイラ領に攻め込ませて、戦争を起こそうってことでしょうか？」

「おそらくね。洗脳で兵士にしあげるなんて、普通の魔法ではそうそう上手《うま》くいかないだろうと思ってたけど、まさかこんな方法を使ってくるなんて……」

リレイアは拳を握りしめ、眉間にしわを寄せた。

「リレイア様、あのアンデッドに噛《か》まれた人間もまた、アンデッドになったりはしないのでしょうか？」

ゾンビ映画なんかで、ある意味一番怖いのが周囲の人間がどんどんゾンビ化していくことだ。

なんせ、味方が減るだけではなく敵が増えるのだから。

「どこから出てきた発想よそれ。聞いたこともないわ。魔力で体を強制的に動かしているだけなんだから、そんなわけな……いえ、注入された魔力を口から分配していけば可能かも……？　ユキは時々、面白いことを言うのね」

面白くはないけどね？

とりあえず、これ以上数が増えないらしいというのは、不幸中の幸いだ。

「それにしても、魔法を使う低位のアンデッドって……どうなっているのかしら……。禁呪発動の際に注入された魔力にプログラムされてる……？　体表面の魔石はアンデッド本人から無理やり生成してる……？　でもそれだと……」

「リレイア様、それよりどうします？」

思考モードに入りそうになるリレイアを引き戻す。

「そうね、このままアンデッド軍団を放っておくわけにはいかないわ。ウェイラ領と無理やり開戦するためのしかけだったのだろうし」

「やはり魔族のゲームでしょうか」

「そうね、どちらの領地を増やそうとしていたかはわからないけれど」

こちらの領地から攻めさせたからといって、こちらに勝たせたかったとは限らない。

あの魔族が、ウェイラ領側からのスパイという可能性もある。

「真実はどうあれ、開戦させないことが重要だわ」

リレイアの言う通り、魔族の最後っ屁《ぺ》に付き合ってやる義理はない。

「姫様！　オレは……あ、いや……私は禁呪がそんな効果だと知らず……もちろん、ウェイラ領に攻め込むつもりなどなく！」

ゲインツは慌てふためき、リレイアにすがりつくようにして弁解する。

悲しいおっさんの姿だが、これが階級社会というものだ。

「わかっていますわ」

リレイアは少しだけめんどくさそうに答えつつ、思考を巡らせている。

「そう、魔族！　あの魔族にそそのかされたのです！　姫様もご覧になったでしょう⁉」

そんな空気など読む余裕のないゲインツは、保身のための弁解を続ける。

「少しだまっていただけます？　この領地も、隣のウェイラ領も私がなんとかしますわ」

「本当ですか⁉」

「ただし、領主とは結果に責任を負うものだということを肝に銘じておきなさい」

「そ、それは……私の罪は重いということでしょうか……」

「この期に及んでそのようなことをおっしゃるのであれば、そうなるでしょうね。少しでも領民の避難を急がせたらいかがかしら？」

「はっ……はいっ！　直ちに！」

リレイアの迫力に負けたのか、自分の仕事を思い出したのかは知らないが、ゲインツはどこかへ駆け出していった。

「さーて、腕がなるわねー」

だからこの笑顔は不安しかないんだってば。


その後、私は街中を走り回るハメになった。

まずはそこらの家から鍋などの金物を借り馬に引かせる。

ゾンビが音に反応するというのはこちらの世界でも同じらしく、彼らは馬を追いかけてきた。

リレイアはゾンビではなく『低位のアンデッド』と呼んでいたけど、めんどくさいから心の中ではゾンビと訳しておこう。

そして、馬を駆るメイド……絵になる！

乗馬といえば知的なお嬢様キャラ。キャラのカラーなら青系が多いイメージだけど、メイドに馬っていうのもなかなかじゃない？

街中から集めたゾンビを引き連れながら、先行して街を出たゾンビたちに合流する。

難関ポイントはここだ。

追いかけるのに夢中な連中は呪文を上手く詠唱できず、魔法を放てないらしい。

しかし、この先のゾンビは私を迎え撃つ格好になるのだ。

なんせ金物を引きずってけたたましい音を立てているので、そりゃあ気付かれる。

振り向いた何体かのゾンビは、既に呪文を唱え始めている。

幸いなのは、唱える速度が遅いこと。

動作も緩慢なので、撃つ気配がよくわかる。

「うな……れ……ばく……え……ん……ばーすと……ぼむ」

使ってきた魔法はリレイアから聞いていた通りのものだ。

一定以上の硬度を持つ物体に衝突すると、爆発する火球を撃ち出す魔法である。

領主の屋敷《やしき》でゾンビが使いかけた呪文から、リレイアが予想したのである。

また彼女は、「魔法を複数使うような命令がだせるとは思えない」「他の街や城を攻めるなら、爆発炎上系だろう」とも言っていた。

大正解。さすがリレイアだ。

飛び来る火球を、私はナイフを投げて爆発させる。

その音がさらにゾンビ達の注目を集める。

次々に飛来する火球をナイフで打ち落としながら、私は大きく円を描くように馬を走らせた。

いいよ！　ついてきて！

街のそばを大量のゾンビを引き連れたメイドがぐるぐる走り回る様子は、子供が見たら悪夢にうなされそうである。

でもそんなことは言っていられない。

ゾンビの魔法を爆発させたのは、身を守るためでもあり、リレイアへの狼煙《のろし》でもある。

彼女はこの状況まで読み切っていて、この爆発を合図に『準備』を始めているはず。

このままぐるぐるしていては、私が巻き込まれる。

私は馬を街の外へ向けて走らせると、その背に立ち上がった。

カッコイイポーズ！

……がしたいわけではもちろんない。

そのまま背後を振り返り、ゾンビの群れに向かって跳んだ。

まずは華麗にゾンビの顔面に着地をキメる。

もちろん、このままライブハウスよろしくゾンビにダイブするつもりはない。

彼らの頭や肩を蹴りつつ、群れの進行方向とは真逆、つまり街の方へと走る。

頭上の私を追おうとするゾンビもいたが、数百体の群れが作る勢いには逆らえず、流されていく。

ゾンビの頭上を駆け抜けた私は、群れの最後尾に着地。

そのまま全力で街へと駆ける。

群れの最後尾から五千メートルほど離れたところで、街の一番高い建物である物見櫓《やぐら》に視線を送る。

そこには、輝く紋章とともに、リレイアの姿があった。

私は全力疾走を続ける。

これだけ離れてもなお、安全とは言いがたい。

「みなさん！　街の入口とは逆に逃げてください！」

ゾンビを引き連れて街を出た時と同様のセリフを叫びながら、私は街の大通りを走る。

やがて紋章が強く輝いたかと思うと、上空へ赤い光が伸び、雲を裂いた。

リレイアが禁呪《きんじゅ》を発動させたのだ。

必殺技バンクを見逃した……などと言っている場合ではない！

どこか隠れられそうな場所は⁉

一瞬の間があった後、上空から赤い光がゾンビの大群の中心へと落ち——

ドーム状の大爆発が起こった。

光に続いて、爆風と爆音が街を襲う。

樽《たる》が発泡スチロールのように飛び、石畳がめくれる。

なんとか丈夫そうな建物の陰に隠れたものの、砂嵐のせいで目を開けていられない。

やがて風がおさまった後、街の外を見ると、そこには巨大なクレーターができていた。

クレーターの内側は赤熱し、高熱でガラス化した部分があるのか、一部がキラキラ輝いている。

数百体いたゾンビ達の姿は全く見あたらない。

一匹残らず蒸発したのだろう。

相変わらずとんでもない威力だ。

おっと、驚いてる場合じゃなかった。

今頃リレイアはまた幼女化しているはず。

私はリレイアがいた物見櫓に駆け上った。

そこには、シーツにくるまり、幼女化したリレイアがいた。

普段の彼女なら、ハイテンションでしたり顔をしていそうなものだが、今度ばかりは違った。

物憂《ものう》げな表情でクレーターを見つめている。

既にゾンビになっていた……つまり、死んでいたとはいえ、数百人をまとめて吹き飛ばしたのだ。

まともな人間なら、一生夢に見てもおかしくない出来事だ。

「生きている人間が優先だわ……」

爆心地をしばらく見つめた後、ぎゅっと口を引き結んだリレイアは自分に言い聞かせるように呟《つぶや》くと、私にだっこを求めてきた。

「魔族の死体のところに連れていって。やることが残ってる。禁呪はまだ死体の中にあるはず」

私が抱きかかえると、リレイアは耳元でそう言った。

禁呪が中に？

いまいち理解できなかったが、考えるよりも先に、私の体は物見櫓から隣の屋根へとす

でに跳んでいた。

そのまま屋根を伝い、ゲインツの屋敷へと戻る。

爆発の余波がここまで来たのだろう。

魔族の死体は壁際《かべぎわ》に転がっていた。

私の腕から降りたリレイアが、その死体を調べている。

「ユキ、ちょっと魔力を借りるわね」

リレイアが私の手を摑《つか》むと、全身から急速に力が抜けていくのを感じた。

「儀式には少量だけど魔力が必要だから」

私自身に魔力が少ないせいなのか、リレイアの言う『少し』が魔道士以外から見れば膨大なのかはわからない。

たしかなことは、今にも気絶しそうなほどふらふらになっているということだ。

白んでいく視界を、気力で必死に保たせる。

魔族の額に触れたリレイアは、なにやら呪文を唱えている。

これまで見てきた魔法は、詩的でこそあるものの、言語はこちらの世界のものだった。

しかし、今リレイアが唱えているのは、聞いたこともない音とリズムである。

初めて聞く外国語が、なにやらもにゃもにゃ言っているようにしか聞こえない感覚に近いだろうか。

やがて、魔族の額から闇色に輝く拳大の球体が出てきた。

それが物質でないことは私にもわかる。

きっと、とても濃密な魔力の塊。

そうとしか表現できない何かだった。

リレイアは緊張した面持ちでごくりとつばを飲み込むと、自分の額をその光に近づけた。

こんなに緊張している彼女、初めて見る。

闇色の光が、ゆっくりリレイアの額に吸い込まれていく。

「くっ……」

リレイアが私の手をぎゅっと力強く握ってくる。

私はふらつく自分の体をなんとか立たせ、彼女の手を握り返す。

「はぁ……はぁ……っ。大丈夫……この禁呪とも……相性が……いいみた……い……」

光が全てリレイアの額に吸い込まれると同時に、彼女は気を失った。

あの禁呪を継承したってこと？

リレイアが持っていた爆発する禁呪よりも、ある意味危険で邪悪なものだ。

あれをリレイアに使ってほしくはないけど、他の誰かが持っているよりはずっといい。

そう思えるほどには、私はリレイアを信頼しているのだ。

ただ、初めて禁呪の継承を見て、疑問に思ったことがある。

彼女はかつて、最初の禁呪を王宮の禁書庫で見つけたと言った。

では、禁呪の継承自体は、いつ誰からしたのだろうか？

◇◆◇

ゲインツの屋敷のベッドを借りて、リレイアを休ませることまる一日。

日が昇ってから一時間といったところだろうか。

「ん……」

リレイアが目を覚ました。

「朝？」

ベッドで目をこする幼女かわいい。

「はい」

禁呪を使ったあとは、幼女化に加えて眠くなるリレイアだが、今回はいつもより睡眠が長かった。

　幼女化から戻ってすぐにまた使ったのが影響しているのだろうか。

「今回もお疲れ様でした」

　私は桶《おけ》に用意していた水と布で、リレイアの顔を拭き、髪を櫛《くし》でとかす。

「ドアの外で領主のゲインツ様がお待ちですが、いかがいたしましょう?」

　彼は夜通し待っていたようだ。

　自分の命がかかっているのだし、これくらいの誠意を見せようとするのは当然の心理だろう。

　それをリレイアが考慮するかは別問題だけど。

「通してちょうだい」

　リレイアの指示に従い、私は櫛を置き、ドアを開けた。

「失礼します……」

　入室したゲインツは、入口でひざまずいたまま小さく震えている。

「面を上げなさい」

「はっ……」

　ベッドに腰掛けたリレイアを見上げるゲインツの顔は真っ青だ。

ただの寝室が、王宮の謁見の間であるかのように感じるのは、リレイアの纏《まと》うオーラによるものだろう。

普段から接している私ですら、全身がピリつくのを感じる。

「ゲインツよ、今一度問う。魔族の策謀によるものとはいえ、禁呪をエサに民衆を洗脳し、兵士としたこと、相違ないな？」

「はっ……ございません……ただ、そうしなければ、財政的にも苦しい我が領地は、傭兵《ようへい》を十分に雇うこともできず……」

それは本当だ。この領地の財政については、調査済みである。

「それが、数百人を洗脳する理由になると？」

「騙《だま》したわけではございません！　禁呪継承の儀式を受ける契約時に、説明をしております。それが洗脳魔法の条件でしたし……」

この世界の常識でいえば、どんな無茶な契約だとしても、結ぶ者が悪いとされる。

禁呪というエサに釣られたのであればなおさら自業自得《じごうじとく》と言われるだろう。

だけど、それで国が悪くなるなら、リレイアは良しとしない。

「なるほど。事情はわかりましたわ」

「本当ですか⁉」

安堵《あんど》の顔を見せるゲインツ。

「けれど、人の意思を奪って兵士とすることは認められません」

ほらね？

「そんな……」

「本来なら、私を捕縛したことだけでも極刑です。が……自分の領地を外敵から護《まも》るためであったことは考慮しましょう。私利私欲のためでなかったことは調べがついています」

この領主、貴族にしてはだが、比較的質素な生活をしている。

税もむちゃな取り方はしていないらしい。

「条件を与えましょう」

リレイアの『タメ』に、ゲインツはごくりとつばを飲んだ。

「まずは、今後軍備が必要になった場合は、正規の金額で人を雇うこと」

「へ……？」

ゲインツがマヌケ面を晒《さら》すのも無理はない。

命がないと思ったところから、まるで領主を続けられるかのような物言いだからだ。

「聞いてますの？」

「は、はぃっ！」

「もしお金が足りない場合は、王宮を頼りなさい。助けるかはわかりませんが」

「はっ……」

おー、困ってる困ってる。

話がうますぎるもんね。

「それともう一つ。この街を救ったのはリレイア姫だと、それとなく噂《うわさ》を流すこと。私がこの街を去った三日後にね」

「三日後……ですか？　すぐに宴《うたげ》を開くこともできますが……」

「いいえ、三日後です」

「はっ、承知しました」

その方がかっこいいから、とか思ってそう。

「最後にもう一つ。もし私が困っていたら、命を捨てて助けに来ること。これらが守られる限り、貴男《あなた》の罪は問わないものとします。ただし、破れば即刻命はないものと思いなさい。以上ですわ」

「寛大なご処分、感謝いたします。一生姫におちゅかえするしょじょん……」

安堵のためか、涙でぐしゃぐしゃになったゲインツの言葉は、後半よく聞き取れないものだった。

端的に言うと、「自分の味方になれば命を助けてやる」と脅されているに等しいのだけど、上手《うま》い演出をするものだ。

これでまた一人、リレイアの味方が増えたね。

エピローグ1

私とリレイアは、街の外へ向かって大通りを歩いていた。

暴れたゾンビと、リレイアの禁呪《きんじゅ》の余波で酷《ひど》い有様《ありさま》ではあるが、人々は必死に街を直していた。

領主から食料や修理費用の補助も出ているという。

この調子なら、すぐに持ち直すだろう。

「私が捕まってた時、なぜ助けに来てくれたの？」

リレイアがふとそんなことを聞いてきた。

「メイドですから。それにしてもリレイア様、捕まっている時でもとても冷静でしたね」

来るなと言ったのに、と怒るようなリレイアではないが、なんとなくはぐらかしてみた。

メイドだからというのは本当でもあるしね。

「あら、私のメイドなら助けに来ると信じていたもの」

これはちょっと嬉《うれ》しいぞ。

だったら、最初から「来るな」なんて言わないで欲しかったけど。

「少なくともライゼならそうしたわ」

リレイアの表情から、その言葉が照れ隠しだとはわかる。

それでも、彼女の口から出たのが、私ではなくライゼだったのはちょっとだけ悔しいな。

助けに行ったのは私なんだけどね。

我ながら器が小さいとは思うけどさ。

素直に褒めてくれてもいいと思うんだよね。

でも……特定の誰かに褒めて欲しいなんて考えるようになったこと自体、私も変わったなと思う。

リレイアはそんな私をちらちら見上げながら、何かを言おうと迷っているようだ。

「ユ……ユキなら、ああ言えばベストのタイミングで来てくれるって思ったのよ」

さんざん迷ったあげく、リレイアはちょっとそっぽを向きながら、小さくそう言った。

私はそんなに不満そうな顔をしていただろうか？

それでも、王族という立場でありながら、友人のような気遣いをしてくれることがとても嬉しい。

こんな気持ち、転生する前の人生で最後に味わったのはいつだっただろうか……。

女子二人の友情に涙した日曜の朝。あの時の気持ちを自ら味わえる日が来るなんて、思いもしなかった。

街の入口まで来たところで、先日リレイアに情報を売りつけようとしてきた中年女魔道士に出会った。

「無事だったようでなによりだよ。ひっひ……」

彼女は出会った時と同じようにイヤな笑みを浮かべた。

「その体、別の場所で受けた禁呪継承なのですね」

リレイアは女性がゾンビ化していなかったことに少し驚いたようだ。

「こんな体だからね。せっかくいい食い扶持《ぶち》ができたと思ったのに残念だよ。ひっひ……次はどこに行こうかね……」

女性はそう言い残して立ち去ろうとした。

「お待ちになって」

呼び止めると思ったよ！

リレイアは女性から禁呪継承の儀式を受けた場所を聞き出していた。

そうだよね！　別の禁呪の手がかりだもんね！

ああっ！　けっこうな金額を情報料として払ってる！

しばらくごはんは干し肉だなあ……。

「ユキ！　次の目的地が決まったわ！」

リレイアは満開の笑顔で鼻息を荒くし、空の彼方《かなた》を指さしたのだった。

ちなみに、女性から聞き出していた目的地は逆方向だけどね。

予告4

そこそこ、そこに立ってください

こんな採石場でなにを……

せっかくこんな場所に来たので、
キメポーズの練習をと思いまして

なにがどうせっかくなのかわからないけど、
次回予告とやらはいいのかしら？

やりたいですか!?

喜びすぎ！　そうは言ってないでしょ!?

今回は趣向を変えて、
おまけコーナー風にいってみようかと

ちょっと何を言ってるかわからないけれど……。
そもそも何よ、キメポーズって？

爆発がおきたとき、それをバックに
カッコイイポーズを取るんです

なぜそんな恥ずかしいことを……？

これをやるとちびっこからの人気が出ますよ。
やっぱり国の未来を担うのは子供達ですからね。
ちびっこの支持は大事です！

そ、それはそうだけど……

それじゃあいきますよ。はい爆発した！　どかーん

え？　え？

ポーズですよリレイア様！ こんな感じで！ びしっと！

こ、こう？

もっと指先まで神経使ってください！
舞踏会だと思って！　ちびっこ人気のためです！
はい、爆発きた！　どかーん！

びしっ！

いいですね！　口で『びしっ』とか言っちゃうのも、
ちょっとノスタルジックでかわいいです！ 眼福です！

バカにしてる？

まさか！　全力で褒めてるんですよ。
次に爆発系魔法を使った時は、忘れないでくださいね！

ほんとにこれで子供の人気が取れるんでしょうね……。
ちょっと！　なぜ目を逸らすのかしら!?

エピローグ2

街を出て十日ほどたった頃、私達の耳にあの街での噂が届いた。

なんでも、第一王女のリレイア姫が、メイド服で馬に乗り、ゾンビをなぎ倒しまくったそうだ。

そういうねじ曲がりかたをしたかあ……。

「なんでそうなるかなあ⁉」

リレイアはがっくりと肩を落としていた。

しょうがないなあ。

今夜はとっておきのお話をしてあげよう。

ニチアサからお気に入りのエピソード……主人公達とメイドが出会う話をね。

おまけ　ライゼ十四歳

私は今日もリレイア様の綺麗《きれい》な髪をとかしていた。

まだ六歳の姫君は、鏡ごしにじっと私の目を見つめてくる。

「なにかあった？」

彼女は世間話でもするように聞いてきた。

だけど私は、彼女が心配してくれていることを知っている。

彼女はあえてそっけないそぶりをしているのだ。

王族が誰かの心配をすること自体が、相手の負荷になったり、価値を持ったりすることを理解しているからだ。

私の半分も生きていない子供がとる態度だろうか？

王宮で生きるということは、私にはわからない大変なことがあるのだろう。

昨晩私は、初めて『もう一つの仕事』をした。

まだ鼻の奥に血の臭いが残っている気がする。

態度に出したつもりはないのだけど、この少女には何か見抜かれたのだろうか。

「困ったことがあったら言うのよ」

「はい」

貴族が使用人を助けるなんてことはありえない。

使用人は家族だ、なんてことを言う貴族も見てきたが、自分達が危機になれば、まず切りすてるのは使用人だ。

そりゃそうだろう。

金で雇った使用人と、家族は違う。

家族というのがどんなものかは、よく知らないけれど。

「信じてないでしょ」

「いいえ。リレイア様は、働きに対する対価をごまかすようなことはしないと知っています」

少しいじわるな言い方だっただろうか。

「そういうことじゃないわ。わかってるのでしょう?」

「使用人を助けると言うのですか?」

王族の余裕というものだろうか。

それともプライド？

「そうよ」

「なぜですか？」

「信用してほしいから、かしらね？」

「しっかりお金を頂いてますよ」

「だめよそんなの。他からたくさんお金をつまれたらいなくなっちゃうでしょ？」

「当然だと思いますが」

より良い報酬を得られる場所があるなら、移るのは当然だ。

私には『事情』があるので、そんなことはできないけど。

「報酬を増やすことはできるわ。でもそれじゃあ困るの」

この娘は何を言っているのだろう？

利口だと思っていたが、やはりまだ子供ということか。

「お金を頂ければ、命をかけることもできますよ」

平民の命は安い。

傭兵《ようへい》に志願する者のほとんどは、お金が目的だ。

金で安全を買うのが貴族なら、命で金を得るのが平民である。

「ん～、これは大変そうねえ……」

そう呟《つぶや》くリレイア様を見る私の顔は、さぞ疑問に満ちていたことだろう。

◇　◆　◇

そんなやりとりから半年ほど。
私は『もう一つの仕事』でドジを踏んだ。
この出血……マズいかも……。
月夜に照らされた木にもたれ、破いたエプロンドレスで腹部の傷口を押さえる。
──グルルル。
血の臭いに釣られて、野犬が集まってきた。
こんな夜更《よふ》けに街の外にやってくる者などいない。助けは望めないだろう。
命令とはいえ、自分のしたことを考えれば報いはあると思っていた。
それが想像より早かったというだけの話だ。
どうせろくでもない人生だ。未練はない。
あるとすれば、リレイア様の成長を見届けられないことくらいだろうか。

彼女は他の王族とどこか違う。

そう思わせる何かがあった。

野犬の群れはじりじりと近づいてくる。

私が投げた二本のナイフが、野犬の眉間を貫いた。

残るは一本。対して野犬は十三頭。

ケガさえなければなんとでもなったけど、もはや下半身が動かない。

一匹でも多く道連れに……そう考えた瞬間――

「疾《はし》走れ炎弾《えんだん》！　バーストバレット！」

炎の弾丸が野犬の群れを直撃した。生き残った野犬達もちりぢりに森へと帰っていく。

「ライゼ！　大丈夫⁉」

かけよってきたのはリレイア様だ。

「ひどい傷……私の魔法で治せるかどうか……」

そう言いながらかけてくれた魔法のおかげで、傷の痛みが少しずつ引いていく。

「なぜ……こんなところに……」

「しゃべってはだめ。傷にひびくわ」

もしこのまま死ぬなら、人生最後の疑問くらい解いてからにしたい。

「知りたい……です……」

「……ライゼが危ない仕事をさせられてたのは知ってたの。だからこうして見張っていたのよ」

私の目が『なぜ』と言っていたのだろう。リレイアは続ける。

「以前言ったでしょ。信用してほしいって。それにはこちらから動かなくちゃね」

なぜただの使用人である私にそこまで……。

「たった一人でいい。何があっても互いに裏切らない味方が欲しいの。それを貴女《あなた》に決めたのよ。でも調子に乗らないでね。まだ私だって貴女のことを信用できると思ったわけじゃないんだから」

こんな状況なのに、その強がりを少しかわいいと思ってしまう。

思わず笑みがこぼれ、傷口に響いた。

なぜ私なのか。その理由はわからないけれど。

「なんとかなりそうね……。こんな時のために魔法を学んでおいてよかった」

たしかに、体がだいぶ楽になってきた。

「楽しいから……学んでいるのだと……思ってましたよ……」

「それも否定しないわね！」

この笑顔は本心なのか、照れ隠しなのか。

私を懐柔するためにわざとこの状況を作ったのかも……なんてイヤな考えが頭をよぎる。

でもまあその時はその時か。

そう思うほどには、既に彼女に惹《ひ》かれ始めていた自分に少し驚いた。

あとがき

読者のみなさま、お久しぶりです、もしくははじめまして。日の原《ひ はら》です。

本作『ニチアサ好《ず》きな転生《てんせい》メイド、悪《あく》を成敗《せいばい》する旅《たび》に出《で》る』は楽しんでいただけましたでしょうか？

タイトルにニチアサを使う日が来るなんて、ぶっちゃけありえないと思ってました。しかも女子バディもの！　さらに年の差主従ペアです！　みんなに刺されこのジャンル！

ページが少ないのでいきなり謝辞です。

香川悠作《かがわゆうさく》先生。希望の力と未来の光が溢《あふ》れるステキなイラストをありがとうございます。新しいイラストが上がってくるたび、わくわくしながらファイルを開いていました。辛《つら》いことがあった日の夜、録画したニチアサを見返すかのように、何度も見てはニマニマしています。

担当編集様。この企画がスタートした時点ではまだ、あの作品やあの作品など、女子バディものが流行《はや》る前だったので、色々と冒険だったかと思います。企画を通すところから始まり、大変お世話になりました。引き続き同シリーズでお世話になれることを切に願っております。

デザイナーさん、印刷所や校正の方々、広い心でお許しくださった関係者のみなさま、その他本作を世に出すにあたってお世話になったたくさんの方々、感謝申し上げます。

なにより、この本を最後まで読んでくださった読者の方々、大変ありがとうございました。

本作を読んでくださったあなたが、少しでもスマイルチャージできたのなら何よりです。

では、次巻を出すことが叶《かな》いましたら、みてみてみてね！

書店へＧｏ！　Ｇｏ！　ごきげんよう！

お便りはこちらまで

〒一〇二-八一七七
ファンタジア文庫編集部気付
日の原裕光（様）宛
香川悠作（様）宛

富士見ファンタジア文庫

ニチアサ好《ず》きな転生《てんせい》メイド、
悪《あく》を成敗《せいばい》する旅《たび》に出《で》る
～気《き》づいたら、ダメ王国《おうこく》を立《た》て直《なお》していました～

令和４年11月20日　初版発行

著者――日《ひ》の原裕光《はらひろみつ》

発行者――山下直久
発　行――株式会社KADOKAWA
〒102-8177
東京都千代田区富士見2-13-3
0570-002-301（ナビダイヤル）
印刷所――株式会社暁印刷
製本所――本間製本株式会社

ISBN978-4-04-074693-7 C0193 ◇◇◇

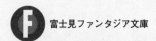

世界最強の
“不可能任務”に挑む少女たちの
痛快スパイファンタジー！
スパイ教室
竹町
illustration
トマリ

これは世界を救う

王様のプロポーズ 1

King Propose

久遠崎彩禍。三〇〇時間に一度、滅亡の危機を迎える世界を救い続けてきた最強の魔女。そして——玖珂無色に身体と力を引き継ぎ、死んでしまった初恋の少女。

無色は彩禍として誰にもバレないよう学園に通うことになるのだが……油断すると男性に戻ってしまうため、女性からのキスが必要不可欠で!?

シン世代ボーイ・ミーツ・ガール!

橘公司
Koushi Tachibana
[イラスト]——つなこ

最強の初恋
シリーズ
好評発売中!
ファンタジア文庫